光文社文庫

悪党《アウトロー》
警視庁組対部分室

南　英男

JN230635

光　文　社

この作品は二〇一七年三月に刊行された
『悪党　警視庁組対部分室』に、
著者が大幅に加筆修正したものです。
この物語はフィクションであり、作品中に登場する
人名や団体名、建物名、事件名などはすべて
実在のものとは一切関係ありません。

目次

第一章　企業舎弟の闇

1

裸身を重ねる。

ベッドが弾《はず》んだ。力丸直人《りきまるなおと》は、昂《たか》まった分身を潜《くぐ》らせた。

正常位だった。パートナーの井村香奈《いむらかな》がなまめかしく呻《うめ》いた。力丸はそそられた。

六本木《ろっぽんぎ》の外れにある高級ラブホテルの一室だ。造りはシティホテル風だった。出入りするのに抵抗感はない。

二〇二四年三月上旬のある夜だ。時刻は午前零時近い。

二人は一時間ほど前から情事に耽《ふけ》っていた。口唇愛撫《こうしんあいぶ》を施《ほどこ》し合い、肌を貪《むさぼ》り合ってきた。すでに幾度か体位《ラーゲ》を変えながら、体を繋《つな》いだ。

その間、力丸は三度ほど香奈を極《きわ》みに押し上げている。二人はゴールに向かう気になったのだ。いつも仕上げは正常位だった。

力丸は香奈の両膝を立たせ、リズミカルに抽送《ちゅうそう》しはじめた。結合部の湿った音が欲情を掻《か》き立てる。

香奈は二十九歳で、外資系保険会社に勤めていた。

個性的な美女だが、まだ独身だ。利発そうな顔立ちだった。肢体《したい》はセクシーである。気立ても悪くない。

四十一歳の力丸も結婚はしていない。

二人は一年半あまり前に赤坂《あかさか》のショットバーで知り合い、大人のつき合いをしてきた。親密な関係だが、どちらも相手を束縛《そくばく》することはなかった。

ともに結婚には消極的だった。

二人は心と体に渇きを覚えたときにデートをして、ホテルで熱い一刻《ひととき》を過ごす。会うのは月に二、三度だった。

力丸は律動《りつどう》を速めた。
六、七度浅く突き、一気に深く分け入る。奥まで沈み込むと、きまって香奈は切なげに身を揉《も》んだ。煽情《せんじょう》的な声も洩《も》らす。

力丸は頃合を計って、香奈のむっちりとした腿《もも》をフラットシーツに密着させた。二人の下腹が合わさった。香奈が控え目に腰をくねらせはじめる。

力丸は香奈には中堅商社で働いていると偽《いつわ》っていたが、実は警視庁本部詰めの刑事だ。九カ月前まで、捜査一課第五強行《きょうこうはん》犯捜査殺人犯捜査第七係の係長だった。職階は警部である。

力丸は神奈川県横浜市内で生まれ育った。都内の有名私大を出ると、警視庁採用の一般警察官《ノンキャリア》になった。

幼いころから正義感は強かったが、特に思い入れがあって職業を選んだわけではなかった。単にサラリーマンには向いていないと判断したに過ぎない。

力丸の警察官人生は、杉並《すぎなみ》署地域課からスタートした。一年数カ月は交番勤務だった。その後、刑事に昇任されて渋谷《しぶや》署刑事課、池袋《いけぶくろ》署刑事課と移り、ちょうど十年前に本庁捜査一課に異動になった。力丸は一貫して殺人事件の捜査に携《たずさ》わり、数々の手柄を立ててきた。

文武両道の敏腕刑事だが、優等生タイプではない。くだけた性格で、女好きだった。

といっても、ただの好色漢ではない。根はロマンチストだった。いつか理想の女性と巡り会えるような気がして、さまざまなタイプの相手と交際してきた。

残念ながら、まだ運命の女性は見つかっていない。理想が高いのか。

殺人事件の捜査は、別に捜査一課の専売特許ではない。現に暴力団組員や不良外国人が関与した殺人事件の捜査は、ほとんど組織犯罪対策部（組対部《そたいぶ》）が担《にな》っている。

とはいえ、暴力団係の刑事たちは殺人捜査のエキスパートではない。犯人の割り出しに手間取ったときは、事件が発生した所轄署に捜査本部が設けられて捜査は地元署と警視庁捜査一課に引き継がれ、主導権がそちらに移る。

警視庁機動捜査隊の初動捜査情報があっても、組対部だけで短期間に被疑者を特定するのは容易ではない。時間切れで、組対部が脇役に回るのは面白くないはずだ。

そんなことで、九カ月前に組対部分室が立ち上げられたのである。力丸は捜査一課から、助っ人刑事として出向している身だった。

本家筋に当たる組織犯罪対策部は、およそ千人の大所帯である。同部は二〇二二年四月の再編で、五つの課と組特隊《そとくたい》にまとめられた。

新体制は、組対総務課、犯罪収益対策課、国際犯罪対策課、暴力団対策課、薬物銃器対策課、組特隊で構成されている。

二〇二二年六月に新設された組対部分室は、全課に関わりのある殺人事案の早期解決に力を尽くしている。

江角啓二《えすみけいじ》組織犯罪対策部部長が司令塔だが、特命の窓口は有村敦《ありむらあつし》分室室長だ。江角部長が分室に顔を出すことはない。部長は先月、満五十一歳になった。

四十三歳の有村理事官も、ふだんは五階にある組対部の刑事部屋に詰めている。江角部長の階級は警視長で、有村は警視正だ。二人とも妻帯者だった。

力丸は一応、捜査班の班長だ。ただ、部下は一名しかいない。尾崎徹平《おざきてっぺい》という名で、三十四歳である。職階は警部補だった。

やくざ顔負けの面相で、眼光が鋭い。巨体で、威圧感がある。だが、気は優しい。人情味のある好人物だ。

尾崎は極真空手四段で、五人の組員をわずか数分でぶちのめした武勇伝がある。分室ができる前に、無法者たちの殺人事件を何件かスピード解決させた。その功績が高く評価され、力丸の相棒に抜擢《ばってき》されたのだ。

尾崎は二児の父親である。娘が七歳で、息子は四歳だったか。尾崎は子供たちの写真を私物のスマートフォンの待ち受け画面に使っていた。妻は元看護師で、世話好きだった。

アウトロー絡《がら》みの殺人事件に各界の有力者が関与していることは稀《まれ》ではない。力丸は相棒の尾崎とタッグを組んで、これまでに六件の凶悪な犯罪の真相を暴《あば》いてきた。

二人には専用覆面パトカーである灰色のエルグランドが貸与され、シグP230Jの常時携行を特別に認められている。それだけではない。違法捜査も黙認されていた。

組対部分室のことは、上層部と捜査一課の者しか知らない。分室は警視庁庁舎五階の片隅にあるが、記者クラブに詰めている報道関係者にも気づかれていないだろう。

力丸たち二人は時間を潰《つぶ》しながら、分室の小部屋で出動命令を待つ。退屈しかけたころ、たいがい出番が回ってくる。

コンビは、だいたい三、四日で殺人事件を落着させてきた。当然のことだが、捜査一課殺人犯捜査係の面々には悔《くや》しがられている。ライバル視されていることは間違いないだろう。

力丸はダイナミックに腰を躍らせはじめた。突き、捻《ひね》り、また突く。

ほどなく香奈が快感の極みに達した。裸身を硬直させ、愉悦《ゆえつ》の声を迸《ほとばし》らせた。

力丸は動きつづけた。

じきに背筋が立った。痺《しび》れを伴《ともな》った快感が駆け抜け、脳天が白く霞《かす》む。欲望が爆《は》ぜた。

二人はひとしきり余韻《よいん》を汲《く》み取ってから、静かに離れた。力丸は心地よい気だるさに包まれていた。

「これで、また十日ぐらい生き生きと働けそうだわ」

香奈が滑《なめ》らかな素肌を寄せてきて、甘やかな声で言った。

「それはよかった。おれもリフレッシュできたよ。ありがとう」

「どういたしまして。わたしに飽《あ》きたら、遠慮なく言ってね。あなたのことは大好きだけど、ずっとまとわりついたりしないから」

「おれは、きみを単なるセックスフレンドと思ってるわけじゃない。できるだけ長くつき合いたいと思ってる」

「そう言ってもらえると、嬉しいわ」

「きみがおれに飽きたら、ストレートに言ってくれてもいい。去る者を追うのは惨《みじ》めだからな」

力丸は言いながら、香奈の髪の毛を撫《な》でた。

「当分、遠ざかりたくないわ。だって、すごく力丸さんが好きなんだもの」

「それでも、いつか気持ちが離れるかもしれないぞ。人間の感情は移りやすいから」

「確かにね。でも、それはずっと先のことだと思うわ」

香奈がほほ笑み、ベッドから滑り降りた。バスタオルを胸高に巻き、バスルームに向かう。

力丸は腹這《はらば》いになって、サイドテーブルの上の煙草《たばこ》とライターを摑《つか》み上げた。セブンスターをくわえ、火を点《つ》ける。情事の後の一服は、いつも格別にうまい。力丸は煙草を深く喫いつけ、ゆったりと煙を吐いた。

短くなったセブンスターの火を揉み消し、仰向《あおむ》けになる。ぼんやりと天井を眺めているうちに、香奈がシャワーを浴び終えた。

力丸はベッドを離れ、シャワーを使いはじめた。

やや熱めの湯を頭から浴び、泡立てたボディーソープで体を手早く洗う。バスルームを出たとき、もう香奈は身繕《みづくろ》いを済ませていた。ルージュも引かれている。

力丸は急いで衣服を身につけ、左手首に腕時計を嵌《は》めた。ＩＷＣのクラシカルタイプだった。シンプルなデザインで、気に入っている。

力丸たちは部屋を出た。

三階だった。ほかのカップルと鉢合わせすることはなかった。ちょくちょく使っているラブホテルを後《あと》にして、表通りまで歩く。だいぶ春めいてきたが、まだ夜間は冷え込む。

力丸は車道に寄り、タクシーを拾った。

香奈は、恵比寿《えびす》にある１Ｋの賃貸マンションに住んでいる。力丸は目黒区鷹番《たかばん》の賃貸マンションを塒《ねぐら》にしていた。間取りは１ＬＤＫだ。最寄《もよ》り駅は東急東横線の学芸大学である。

力丸は先に香奈を自宅に送り届けてから、帰宅する気でいた。タクシーの後部座席に乗り込みかけたとき、背後で靴音が響いた。

力丸は反射的に振り返った。

硬い表情で近づいてくるのは、警察学校で同期だった男だ。広瀬賢太《ひろせけんた》という名で、同い年だった。中肉中背だ。

広瀬は本庁警務部人事一課監察係という部署で主任監察官を務めている。力丸とは違って、出世欲が強い。

人事一課監察を仕切っているのは、警察官僚《キャリア》の首席監察官だ。

その下に二人の管理官がいて、四人の係長を束《たば》ねている。係長たちは、それぞれ十人前後の部下を持っていた。

ちなみに、監察官と呼ばれているのは係長までだ。部下たちは、単に監察係と呼ばれている。監察官たちは、いわば警察の中の警察だ。警視庁に所属している警察官や職員の私生活の乱れをチェックしている。

犯罪に手を染めた者だけではなく、不倫に走った人間や多額な借金を抱えた者たちも懲戒処分にしている。残念なことだが、年に十数人の警察関係者が法律を破って懲戒免職になっていた。

「あら、どうしたの？」

横にいる香奈が訝《いぶか》しげに問いかけてきた。

「近くに知り合いがいたんだ。どうやら何かおれに用があるみたいだな。悪いが、ひとりで帰ってくれないか」

「ええ、わかったわ」

「ごめんな」

「ううん、気にしないで。また、連絡してね。待ってるわ」

「そうするよ」

力丸は香奈をタクシーに乗せ、折り畳んだ一万円札を強引に握らせた。

香奈が困惑顔になった。力丸は数歩後退し、タクシー運転手に目配せした。

オートドアが閉められ、オレンジ色とグリーンに塗り分けられたタクシーが走りはじめた。

「おれを尾行してたんだなっ」

力丸は広瀬を睨《にら》みつけた。

「その通りだ。女にだらしのない刑事《デカ》だな、おまえは。腐ったリンゴは早く廃棄しないと、二十九万七千人近い警察組織に悪影響が出てくる」

「おれは多情かもしれない。でもな、女たちにうまいことを言って体を弄《もてあそ》んでるわけじゃないぞ。とやかく言われたくないな」

「おまえは警察官なんだぞ。二十代の巡査や巡査長じゃないんだ。警部《オブケ》なんだから、軽薄な行動は慎め！」

「あいにくおれは、広瀬みたいな堅物じゃないんだよ。独身のおれが誰と恋愛したって、別に問題はないだろうがっ」

「おれたちは民間人とは違うんだ。道徳《モラル》を無視するのはよくない」

「こっちを懲戒処分にしたいんだったら、好きにしろ」

「同期の誼《よしみ》で、監察対象リストから力丸の名を外してやってもいいよ。ただし、交換条件がある」

広瀬が秘密めかして声を低めた。

「交換条件だって!?」

「そうだ。二年前の五月、警察学校の同期会が西新宿のホテルで開かれたよな。そのとき、おれは妻の遥《はるか》を同伴した」

「そうだったかな」

「とぼけやがって。おれはおまえに遥を引き合わせた。おまえは人妻を口説《くど》きたくなったのか、遥にべったりしてて同期の連中とはろくに言葉を交わそうとしなかったじゃないかっ」

「そっちの奥さんと立ち話をしたのは、せいぜい十分程度だっただろう」

力丸は少し後ろめたさを覚えながらも、もっともらしく言った。実際には広瀬の妻を四十分近く引き留《と》めて話し込んだ。

遥の憂《うれ》い顔に父性本能をくすぐられ、夫婦仲のことをそれとなく探ったのである。広瀬は仕事にかまけ、妻をほとんど顧《かえり》みなくなったらしい。

子宝に恵まれなかったせいか、いつしか夫婦仲は冷えてしまったという。遥は誰かと浮気をすれば、離婚できるのではないかと真顔で呟《つぶや》いた。

力丸は何か放っておけない気持ちになって、数日後の昼下がりに遥とカフェで落ち合った。人妻でありながらも孤独な日々を過ごしている遥に同情心を寄せた。その後も彼女の愚痴《ぐち》を聞いているうちに、いつしか恋情が芽生えた。

その気配を感じ取った遥は、熱い眼差《まなざ》しを向けてきた。女性に恥をかかせてはいけない。

力丸はシティホテルに部屋を取った。二人きりになると、遥は力丸の腕の中に飛び込んできた。二人は数え切れないほど唇を重ね、舌を絡めた。

だが、遥は途中で自制心が働いたようだ。それ以上は進めなかった。彼女は何度も力丸に詫《わ》び、部屋から飛び出していった。それ以来、遥には会っていない。

「同期の集まりがあってから二カ月ぐらい、妻は力丸のことばかり話題にするようになった。楽しそうな表情だったよ」

「どうして奥さんは、こっちのことを話題にするようになったのかな」

「思い当たることがあるんじゃないのか。え？」

「そんなものはないよ」

「とことん空とぼける気か。きさまは女たらしだから、おれの妻を喜ばせるようなことを言って……」

「寝盗《ねと》ったと疑ってるのか!?」

「そうだったんじゃないのかっ。遥は浮気なんかしていないと強く否定しつづけたが、きさまの名前を口にするたびに小娘のように恥じらいを見せたんだ。三十三歳の女がそんなふうになったのは、おまえに抱かれたせいだろう。ああ、そうにちがいない」

「なんの証拠もないのに、そこまで自分の妻を怪しむなんて最低だな」

「遥が力丸に上手に口説《くど》かれたという証拠はないよ。けどな、妻はきさまとの仲を疑われてからは寝室を別にするようになったんだ。むろん、夫婦の営《いとな》みも拒絶するようになった」

「そうだからといって、奥さんとおれを怪しむなんて異常だな。おまえ、まともじゃないよ」

「黙れ！　きさまのせいで、おれたち夫婦は駄目になってしまったんだ。遥は一年前に埼玉の実家に戻って、すでに離婚届に署名捺印《なついん》済みなんだよ。でもな、おれは絶対に妻とは別れない！」

広瀬が言葉に力を込めた。

「奥さんに未練があるんだな」

「そうじゃない。離婚したら、警察官は間違いなく減点になる。同期に後《おく》れを取るようになったら、癪《しゃく》じゃないか」

「そういうことか。つまらない奴だな。ノンキャリア組がどんなに頑張ったって、キャリアや準キャリを凌《しの》ぐことはできない。もっと気楽に生きろや」

「その上から目線はなんだっ。捜一《そういち》のエースだったからって、偉そうな口をきくな。きさまは、女好きのゲスだ！」

「言ってくれるな」

「怒って、おれを殴れよ。そうなったら、きさまを警視庁《うち》から追い払える」

「そんな挑発に乗るほどガキじゃない。目障《めざわ》りだ。早く失《う》せろ」

「遥との浮気は立証できなくても、きさまは女たちを誑《たぶら》かしてきたんだ。そのうち性犯罪者に仕立てて、懲戒免職にしてやる！」

「いいから、立ち去れ」

力丸は拳《こぶし》を振り上げる真似《まね》をした。と、広瀬が焦《あせ》って身を翻《ひるがえ》した。そのまま駆け去った。

力丸はせせら笑って、目でタクシーの空車を探しはじめた。

2

エレベーターが停まった。

五階だった。警視庁本部庁舎である。香奈と肌を重ねた翌朝だ。九時数分前だった。

力丸は函《ケージ》から出た。

エレベーターホールに報道関係者の姿は見当たらない。力丸は大股で組対部分室に向かった。

奥に設けられた分室に入る。十五畳ほどの広さで、左手に二卓のスチールデスクが並び、その背後にはキャビネットやロッカーが据《す》えてある。反対側には、四人掛けのソファセットが置かれていた。殺風景だが、割に落ち着ける。

相棒の尾崎はソファに巨身を沈め、私物のスマートフォンのディスプレイを覗《のぞ》き込んでいた。

「力丸《リキ》さん、おはようございます」

「ああ、おはよう！　尾崎《ザキ》、今朝のテレビニュースで知ったんだが、午前六時過ぎに新宿署管内の廃ビルで男の切断死体が発見されたようだな。被害者《マルガイ》は、関東共進会《きょうしん》の企業舎弟《フロント》の社長だった」

力丸は言いながら、尾崎の前のソファに腰かけた。

「その事件《ヤマ》のことは知っています。鋭利な刃物で首と両腕を切断されたのは、『共進エンタープライゼス』という投資顧問会社のトップだった荒垣卓郎《あらがきたくろう》です。ちょうど五十歳で、堅気《ネス》にしか見えないインテリやくざでした」

「組対にいたころ、被害者《マルガイ》が捜査対象になったことは？」

「ええ、あります。ある企業恐喝事件の首謀者として荒垣をマークしてたんですが、立件はできなかったんですよ。被害者側の食品加工会社が脅迫された事実を頑《かたく》なに認めなかったんです。状況証拠しかありませんでしたので、地検送りを見送ったわけですよ。あのときは忌々《いまいま》しかったな」

「荒垣は、なかなか狡猾《こうかつ》な男だったようだな」

「悪知恵の働く奴でした。それだから、首都圏で四番目に勢力を誇る関東共進会の金庫番を三十代半《なか》ばから任せられてたんでしょう。荒垣は表向きは足を洗ったことになっていましたが、ずっと組織の理事でした」

「そうか」

「『共進エンタープライゼス』は投資顧問会社ですが、裏では企業恐喝、手形のパクリ、会社乗っ取り、商品取り込み詐欺なんかで荒稼ぎしていました。荒垣は悪事を重ねてたんで、いろんな人間に恨まれてたんでしょう。個人的には、自分、荒垣に同情する気にはなれません」

「おまえの気持ちはわかるが、どんなクズでも人間なんだ。警察としては、事件の解決に乗り出さないわけにはいかない」

「そうなんですがね」

尾崎は不服げだった。

「偽善者と言われそうだが、人の命の重さはみな同じだよ。ほとんどの暴力団関係者は社会のクズと言われても仕方がないような生き方をしてるが、人権はある。違うか？」

「ええ、そうですね。任俠道《にんきょう》を重んじてる博徒《ばくと》系の年配やくざは、並の堅気よりも自分を律《りつ》した生き方をしています。暴力団組員だからって、人権を無視するのはよくないでしょう」

「そうだな。人情家のおまえも、ヤクザには厳しいんだね」

「連中は堅気に何かと迷惑をかけていますでしょ？」

「そのことは否定しないよ。それでも、ろくでなしどもも人間なんだ。おれたちは法の番人だが、そのことを忘れちゃいけないいんじゃないか」

「そうですね」

「本庁《うち》の機動捜査隊と新宿署刑事課が初動捜査に取りかかっただろうが、江角部長は分室に出動指令を下すかもしれないいな」

「ええ、被害者《マルガイ》は暴力団関係者でしたんでね。組対部を黙殺したら、刑事部との間に溝が生まれます」

「だろうな。おまえから、少し予備知識を授《さず》けてもらうか。『共進エンタープライゼス』のオフィスは、どこにあるんだ？」

力丸は訊《き》いた。

「赤坂四丁目にある雑居ビルの五階にオフィスを構えています。荒垣たち六人の役員以外、およそ四十人の社員たちは堅気《ネス》です。数人ですが、名門大学出身者もいますよ」

「そういう連中は、勤め先が企業舎弟《フロント》と知らずに入社したんだろうな」

「ほぼ全員がそのことを知らずに会社に入ったんでしょう。ですが、給料が外資系投資会社並に高いから……」

「辞める者は少なかった？」

「そうなんでしょうね。自分よりも若い奴らは出世や金にはあまり興味がないなんて言われていますが、銭の嫌いな奴は少ないいんじゃありませんか」

「と思うよ。やくざになれと強要されなければ、悪い職場ではないと……」

「そう割り切ったんでしょう」

「尾崎《ザキ》、荒垣は役員たちをうまくコントロールしてたのか？」

「みたいですね。被害者は、専務の稲富稔《いなとみみのる》を実の弟のようにかわいがっていました。四十六歳の専務は人間操縦術に長《た》けてるんで、仮に荒垣社長の方針に異を唱《とな》える役員がいても、うまくなだめてたようです」

「そういうことなら、役員の誰かが荒垣卓郎に矢を向けたとは考えにくいな」

「ええ、そうですね」

「ビジネスで何かトラブルがあって、荒垣は誰かに恨まれたのかもしれないな」

「その線は考えられますね。『共進エンタープライゼス』は、資金繰りに困ってるベンチャー関係の新興企業に運転資金を融資してたんですよ。融資先が利払いを滞《とどこお》らせると、共同経営を持ちかけて必ず会社を乗っ取ってたんです」

「会社喰い《マージャー》として、暗躍してたのか」

「そうなんです。本気で会社の経営に乗り出す気は最初からなくて、もっともらしい付加価値を乗っけて経営権を売ってきたんですよ」

尾崎が言った。

「おそらく投資詐欺まがいのことをやって、甘い汁を吸ってたんだろう」

「まがいなんかじゃなく、もろに投資詐欺をやっていました。高齢者たちをハイリターンで釣って、地熱、風力、水力といった自然エネルギー開発に投資すれば、豊かな老後を過ごせると騙《だま》して退職金や預貯金をそっくり吐き出させてたんですよ。まさに外道《げどう》でした、殺された荒垣は」

「騙された投資家たちは怒って提訴したんだろう?」

「ええ。ですが、原告が勝訴したケースはきわめて少ないんですよ。『共進エンタープライゼス』は、ヤメ検弁護士を顧問にしてるんです」

「だから、めったに敗訴しないわけか」

「そうなんですよ。荒垣は投資詐欺のほか企業恐喝で、大会社から巨額の口止め料をせしめてたにちがいありません。リストラ解雇された元社員、総会屋、ブラックジャーナリストたちから企業不正の証拠を入手して、億単位の金を脅し取ってたんでしょう。会社整理でも儲《もう》けてたし、商品の取り込み詐欺もやってました」

「経済マフィアとして荒垣が検挙されなかったのは、大物のヤメ検弁護士を抱えてたからなんだろうな」

「それもあるでしょうが、荒垣は巧妙な手口で悪さを重ねてたんです」

「どんな手を使ってたんだ？」

「荒垣は複数のダミーを使って企業恐喝をしてたんで、弟分たちや社員が逮捕されることはなかったんです」

「根っからの悪人だったようだな、被害者は」

力丸は溜息《ためいきま》混じりに呟いた。

「金の亡者《もうじゃ》だったと言ってもいいでしょうね。多くの企業や市民を泣かせてきたんですから、いつか天罰《てんばつ》が下るだろうと思っていました。殺されても、仕方ないですよ。でも、人間だったわけですから、犯人を見逃してやることはできません」

「ああ、そうだな。尾崎、荒垣は独身じゃなかったんだろ？」

「ええ。子供はいませんけど、二つか三つ下の女性と正式に結婚しました。えーと、なんて名だったかな。そこまでは思い出せませんが、広尾《ひろお》の分譲マンションが自宅です」

「そうか。夫婦仲はうまくいったのかな」

「どこかに愛人《レコ》を囲《かこ》ってるという話を旧組対時代の元同僚から聞いた覚えがあります。ですので、夫婦の仲はあまりよくなかったんじゃないのかな」

「そうとは限らないぞ。夫婦仲はしっくりいってても、浮気をする男はざらにいるからな。美しい花を見れば、つい手折《たお》ってみたくなる。それが男というもんじゃないか」

「結婚したら、浮気はまずいでしょう。夫婦にとって最も大事なのは、相互の信頼ですんでね」

尾崎が反論した。

「その正論にケチをつける気はないが、人間は愚かで弱い動物なんだ。どんなに愛妻家でも、たまには別の女性を抱いてみたくなるんじゃないのか？」

「力丸《リキ》さん、それは詭弁《きべん》ですよ。ルール違反です！」

「そうむきになるなって、軽い冗談だよ」

「そういう冗談は不謹慎ですっ」

「どうもすみません」

力丸はおどけて、頭に手をやった。尾崎が鋭い目を和《なご》ませる。

「コーヒー、淹《い》れましょうか。緑茶のほうがいいかな」

「いまは、どっちも飲みたくない」

力丸はソファから腰を浮かせ、自分のデスクに向かった。

数分後、有村理事官が分室にやってきた。捜査資料ファイルを小脇に抱えている。

「理事官、自分らの出番が回ってきたようですね」

力丸は、先に声を発した。

「そうなんだ。今朝早く新宿区内の廃ビルの中で、経済やくざの切断死体が見つかった」

「その事件は、テレビとネットニュースで知りました。被害者《マルガイ》は、関東共進会の企業舎弟の荒垣社長だったんでしょ？」

「そう。江角部長の特命が下ったんで、また分室のコンビに動いてほしいんだ。鑑識写真と初動捜査資料を集めたよ」

有村がソファセットまで歩き、尾崎と向かい合う位置に坐《すわ》った。尾崎がすっくと立ち上がり、ソファセットから少し離れた。

力丸は自席から、ソファセットに移った。腰を沈めたのは有村理事官の真ん前だった。

尾崎がソファセットを回り込み、力丸の横のソファに腰かける。有村がテーブルの上で、ファイルを開いた。

初動捜査資料の上に、鑑識写真の束が載せてあった。写真はカラーで、二十葉《よう》ほどありそうだった。

「荒垣の遺体が発見されたのは、靖国《やすくに》通りから脇道に入った解体前の古ぼけた雑居ビルだよ。えーと、住所は新宿五丁目二十×番地だね」

分室室長の有村が力丸に顔を向けてきた。

「番地は、新宿五丁目交差点の近くだな。廃ビルはかなり前に建てられたんですか？」

「およそ五十年前だ。六、七年前にテナントは立ち退《の》いたんだが、権利関係が複雑なんで取り壊しが延び延びになってたらしい」

「廃ビルと関東共進会に何か繋《つな》がりは？」

「初動捜査で何も接点はないことが明らかになった。テレビでも報じられたが、被害者は一昨日《おととい》の夜に何者かに拉致《らち》されたんだよ」

「マスコミ報道によると、被害者は帰宅途中だったようですね。犯行を目撃した者は？」

「荒垣は赤坂見附の近くの路上でマイカーのベンツを立ち往生させられて、拉致犯の車に無理やりに乗せられたと思われる。しかし、犯行の目撃証言はいまのところゼロだそうだ」

「荒垣はどこかに監禁されて殺されてから、刃物で首と両腕を切断されたようですね」

「そうなんだろうな。殺害される前に、荒垣はさんざん殴打されたにちがいない。体じゅうに痣《あざ》ができてた」

「遺棄現場に凶器は？」

「いや、遺《のこ》されていなかった。切断面から大型の肉切り庖丁《ぼうちょう》が凶器と考えられるらしいんだが、まだ断定はできないようだ」

「遺棄現場に血溜《だ》まりはあったのでしょうか？」

「血溜まりは小さかったみたいだから、別の場所で荒垣は殺害されて首と両腕を切り落とされたんだろうね」

「鑑識班は加害者の遺留品《リユウ》を見つけたんですか？」

力丸は理事官に問いかけた。

「廃ビルから数十メートル離れた路上に、大阪の浪友会《ろうゆうかい》の幹部用の金バッジが落ちてたそうだ」

「そうですか」

「尾崎君、浪友会は武闘派として知られてるんだろう？」

「ええ。構成員は八百人弱ですが、荒っぽい連中が多いですね」

「そうだったな」

「関東共進会は最近、浪友会と何かで揉めてたのかもしれませんよ」

「そうなのかな。しかし、荒垣の遺体遺棄現場の近くに浪友会の幹部用バッジが落ちてたのは、なんかわざとらしくないだろうか」

「そうでしょうか」

「力丸君はどう思う？」

有村が意見を求めた。

「ええ、作為的《さくい》に感じられますね。しかし、まだ偽装工作とは極《き》めつけられません」

「そうだね。裏付《ウラ》けは取れてないらしいんだが、大阪の資産家が『共進エンタープライゼス』の投資話に引っかかって、金の返還交渉を浪友会に頼んだという情報を本庁《うち》の機捜の者が摑《つか》んだというんだ」

「その情報通りなら、浪友会は資産家の代理人として投資した金を強引に引き揚げようとしたのかもしれませんね」

「それは考えられるだろう。関西の極道たちは焦《じ》れて『共進エンタープライゼス』の荒垣を引っさらって、とことん痛めつけた。それでも、荒垣は脅迫に屈しなかったんではないのかな」

「で、浪友会の息のかかった者が荒垣を殺《や》ってしまった。有村さんは、そう筋を読んだんですね」

「まるでリアリティーのない筋読みではないと思うがな」

「ええ。しかし、遺留品の金バッジがいかにも細工《さいく》臭いでしょ？」

「どこか関東共進会と対立してる関東の組織が浪友会の仕業《しわざ》に見せかけて、『共進エンタープライゼス』の社長を始末したんだろうか」

「そんなふうに疑うこともできますよね。それはそうと、検視官のおおよその死亡推定日時は？」

「昨夜の午後十一時から翌日の午前二時の間ではないかと推定したそうだ。死体の硬直具合から推《お》し測《はか》ったということだったよ」

「現場では予備検視が行なわれただけで、本格的な検視は新宿署の死体安置所で……」

「そう。しかし、死亡推定時刻は基本的には変わらなかったらしい。切断遺体は大塚の東京都監察医務院に搬送され、午後から司法解剖される予定だそうだ。解剖所見《しょけん》が出れば、新たな手がかりを得られるんではないかね」

「それを期待したいな」

「江角部長はきみら二人が四十八時間以内に被疑者《マルヒ》を特定してくれることを期待してるようだが、どうだろうか」

「厳しいですね、丸二日では」

「無理ですよ、せめて三日はいただかないと」

尾崎が力丸の語尾に声を被《かぶ》せた。有村理事官が腕を組んで、長く唸《うな》った。

「部長の期待に応《こた》えられるかどうかわかりませんが、尾崎とベストを尽くします」

「力丸君、ひとつ骨を折ってくれないか。側面支援は惜《お》しまないよ」

「わかりました」

「初動捜査資料をじっくり読み込んだら、できるだけ早く捜査に取りかかってくれ。やくざ絡みの殺人事件は、組対部でなんとか片をつけたいからね。捜一の力を借りることは、ある意味で屈辱的だ。捜一から出向中の力丸君にこんなことを言ったら、返事に困るだろうがね。部長とわたしも正直言うと、捜一と張り合う気持ちがあるんだ。くだらないセクショナリズムと笑われるかもしれないが、本気でそう思ってるんだよ」

「そうでしょうね」

「きみの本来の所属は捜一なんだが、いまは組対部分室の班長の任に就《つ》いている。どうかわたしたちの力になってくれないか」

「いまの自分は、組対部分室の助っ人刑事です。捜一の連中に負けたくないですね」

「そう言ってもらえると、心強いよ」

「尾崎と頑張ってみます」

力丸は言って、相棒に目配せした。コンビは、ほとんど同時にソファから立ち上がった。有村が腰を上げ、分室から出ていった。力丸はソファに坐り、鑑識写真の束を掴み上げた。

3

思わず目を背《そむ》けそうになった。

それほど死体写真は痛ましかった。力丸は無言で首を振った。吐息《といき》をつき、目を見開く。

殺害された荒垣は、廃ビルのエントランスホールの奥に横たわっている。

仰向けだった。切り落とされた頭部と両腕は、胴体から数センチ離れて置かれている。

どういうことなのか。力丸には、犯人の意図《いと》が読めなかった。

確かに死体の下の血溜まりは小さい。被害者は別の場所で殺害されたのだろう。

床には、血痕が点々と散っている。切断したパーツをポリエチレン袋か何かから取り出すとき、底の部分に溜まっていた血液が流れ出たと思われる。

力丸は鑑識写真を繰《く》り終えると、束ごと黙って尾崎に渡した。尾崎が軽く頭を下げ、死体写真に視線を落とす。

力丸は卓上のファイルを引き寄せて、初動捜査資料を読みはじめた。

被害者の荒垣が帰宅途中に何者かに拉致されたのは一昨日、三月六日の夜だった。荒垣のマイカーのベンツＳＬ500は赤坂見附近くの車道に放置されていた。

運転席側のドアは開け放たれたままだった。ドアは加害者に蹴られたようで、少しへこんでいた。

荒垣は堅気ではない。犯人が刃物をちらつかせた程度では怯《ひる》まないだろう。加害者は銃器で被害者を威嚇《いかく》して、車で連れ去ったにちがいない。

本庁機動捜査隊は、赤坂見附周辺で聞き込みをした。だが、犯行を目撃した者はいなかった。

拉致された荒垣は、どこに監禁されていたのか。初動捜査班は、もちろん被害者と親交のあった者たちから情報を集めた。しかし、何も手がかりは得られなかった。

荒垣は真っ当な市民ではなかった。周辺の者たちも法に触れることをしているのだろう。隠している悪事があったのではないか。『共進エンタープライゼス』の稲富専務たち役員は初動の聞き込みの際、大阪の浪友会とは特に揉めていなかったと口を揃《そろ》えている。それらの証言を真に受けてもいいものか。

力丸はそう考えながら、捜査資料を読みつづけた。

初動捜査に当たった刑事たちは当然、被害者の妻の真紀《まき》からも事情聴取した。四十八歳の真紀は夫の死にショックを受け、まともな受け答えができなかったようだ。

それでも、故人には若い愛人がいたと仄《ほの》めかしたらしい。愛人の個人情報までは知らないという。

夫婦仲が冷え切っていたとすれば、被害者の妻も捜査対象にすべきだろう。少しでも疑わしい者がいたら、一応、洗ってみる。それが刑事の習性だった。

仮に真紀が夫殺しに関与していたとしても、実行犯とは考えにくい。五十歳近い女性が自《みずか》ら凶行に及ぶことはないだろう。実行犯は別人と思われる。

真紀の一昨日のアリバイは立証されている。夫が拉致されたと思われる時間帯、妻は広尾の自宅マンションの固定電話を使って友人と小《こ》一時間も通話していた。そのことは電話会社の発信記録に残っている。

だからといって、真紀が夫の事件に絡んでいないとは言い切れない。知り合いの男に夫の始末を頼んだと疑えなくもないからだ。

力丸は読み終えた捜査資料を尾崎に渡し、ソファから立ち上がった。自席に着いて間もなく、懐《ふところ》で私物のスマートフォンが震動した。職務中は必ずマナーモードにしてあった。

力丸は上着の内ポケットからスマートフォンを取り出して、ディスプレイを見た。

発信者は井村香奈だった。力丸はさりげなく自分の机から離れ、そっと分室フロアを出た。廊下にたたずみ、スマートフォンを耳に当てる。

「きのうは素敵な夜をありがとう」

「こっちこそ礼を言うよ。どうしたんだい？」

「昨夜《ゆうべ》、あなたに近づいた男性《ひと》のことなんだけど、とても険《けわ》しい表情をしてたわ。もしかしたら、殴り合いになったんじゃない？　なんだか心配になったので、お手洗いに行く振りをして自分の席を離れたの」

香奈が言った。

「心配かけちゃったな。高校生じゃないんだから、殴り合いなんかしないよ」

「よかった」

「きのうの彼とは昔からの知り合いなんだが、あることで曲解《きょっかい》されてるんだよ。事情をちゃんと説明したら、納得してくれた」

「そうなの」

「なんか悪かったな。そこまで心配してくれてたなんて嬉しいよ」

「タクシー代のお釣り、次に会ったときに渡すわね」

「そんなことはしなくてもいいって。そのうち電話するよ、ありがとう！」

力丸は通話を切り上げ、スマートフォンを所定の場所に戻した。

そのとき、脳裏を広瀬主任監察官の顔が掠《かす》めた。広瀬の妻の顔もちらついた。

彼女とは一線を越えたわけではない。しかし、このまま夫婦仲を修復できなかったら、後ろめたさはしばらく拭《ぬぐ》えないだろう。

力丸は組対部分室に戻った。

尾崎は天井を見つめていた。捜査資料のファイルはテーブルの上に置かれている。

力丸はソファセットに歩み寄り、相棒と向かい合う位置に坐った。

「尾崎《ザキ》、どんなふうに筋を読んだ？」

「自分はちょっと荒垣の奥さんのことが気になりました。子供のいない中高年の夫婦は連れ合いと、支え合ってるようですね」

「そういう傾向はあるだろうな」

「夫に若い愛人がいるようだと感じたら、荒垣真紀は連れ合いに裏切られたと強く思うでしょ？」

尾崎が言った。

「だろうな」

「愛憎は背中合わせだと言われています。かけがえのないパートナーだと思っていた夫の背信を知ったら、子宝に恵まれなかった妻は嫉妬《しっと》を覚えるのではありませんか。不妊の原因が自分の側にあったとしたら、愛人にジェラシーを感じるだけではなく……」

「旦那に憎悪を覚える？」

「ええ、そう思います。荒垣真紀が誰か知人に夫を拉致させて、殺害させた疑いはゼロじゃないでしょう」

「ちょっと待てよ。廃ビルの近くに、浪友会の幹部用の金バッジが落ちてたんだぞ。仮に『共進エンタープライゼス』が浪友会と何かで揉めてたとしても、荒垣はそのことを妻に話しただろうか」

「そうか、話さないでしょうね。多くの企業舎弟《フロント》はダーティーな方法で荒稼ぎしています。そういった仕事の内容をいちいち家族に話す経済やくざはいないでしょう。そうなら、荒垣真紀よりそっちか」

「そう思うが、予断は禁物だ」

「ええ。力丸《リキ》さん、遺留《リュウ》品の金バッジは小細工臭いですが、素直に考えれば、浪友会関係者の犯行《ヤマ》だったのかもしれませんよ」

「そうなんだろうか。おまえは長く暴力団係《マルボウ》をやってきたから、大阪府警の捜四《そうよん》に情報をくれそうな刑事がいるんじゃないの？」

「面識がある捜査員が数人いますよ。中西喬《なかにしたかし》という四十代前半の警部補とは一度酒を酌《く》み交わしたことがありますので、ちょっと電話をしてみましょうか」

「そうしてみてくれ」

力丸は指示した。

尾崎がウールジャケットの内ポケットから、刑事用携帯電話《ポリスモード》を摑み出した。ポリスモードは市販の機種と形状はよく似ているが、五人との同時通話ができる。写真や動画の送受信は、本庁の通信指令本部かリモートコントロール室を介して行なわれている。

制服警官たちにはPフォンが支給されていた。事件の被疑者や指名手配犯の顔写真・動画は一分以内に送受信される。実に便利なツールだ。ポリスモードもPフォンも、民間人が通信を傍受《ぼうじゅ》することはできない。

尾崎が大阪府警の中西という警部補に電話をかけた。

すぐ電話は繫《つな》がった。尾崎は名乗って、せっかちに本題に入った。

力丸は聞き耳を立てながら、微苦笑した。コンビに与えられた時間は、それほど長くない。相棒が焦る気持ちはわからなくないが、もう少し余裕を見せてもいいのではないか。

尾崎は相手に質問を重ねながら、必要なことをメモした。

通話は十分ほどで終わった。

「何か収穫があったか?」

力丸は先に口を開いた。尾崎の報告によると、投資詐欺に引っかかった大阪の資産家が浪友会に泣きついたという。

「その資産家の名前は?」

「堀江繁之《ほりえしげゆき》という名で、六十二歳です。『共進エンタープライゼス』に強くセールスされたんで、堀江は地熱発電ビジネスに二億円ほど投資したようです」

「尾崎《ザキ》、それはいつのことだ?」

「ちょうど一年前です。投資して三カ月間は高配当が堀江の指定口座に振り込まれてたそうですが、その後はまったくリターンを得られなくなったみたいです」

「堀江という投資家は詐欺に引っかかったと気づいて、出資金の返却を求めたんだろうな」

「そういう話でした。しかし、金を返してくれないんで、堀江は『共進エンタープライゼス』のことを調べたようです」

「それで、投資顧問会社が関東共進会の企業舎弟《フロント》であることを知った。堅気では太刀打ちできないと判断して、堀江は大阪で最大勢力の浪友会に出資金の回収を依頼したんだろう」

「ええ、そういう流れだそうです。中西さんは、謝礼は一般債権の取り立てと同じ折半《オレ》だろうと言ってました。浪友会が二億円をそっくり取り戻してくれたら、堀江は一億円の成功報酬を払わなきゃいけないわけです」

「それでも、一億円は取り戻せた計算になる」

「ええ、そうですね」

尾崎が大きくうなずいた。

「資産家の堀江は、なぜ警察の手を借りなかったんだろうか。脱税で貯め込んだ二億円を投資に回したんじゃないのかな」

「班長、さすがですね。ビンゴです。堀江は何棟も商業ビルを所有してて、手広く事業もやってるそうです。超高額所得者なんでしょうが、その分、法人税と個人税をがっぽり持ってかれてるんじゃないですか。ばからしくなったんで、せっせと節税と脱税に励んで巨額の隠し金を秘匿《ひとく》してたんでしょう。ですが、隠し金を遊ばせておくだけではもったいないと思い、地熱エネルギー開発ビジネスに投資して少し資産を膨《ふく》らませようと欲を出したんだと思いますよ」

「そうだったんだろうな」

「浪友会の幹部が『共進エンタープライゼス』に乗り込んで、荒垣社長に堀江の出資金二億円を返却しろと迫ったみたいですよ」

「荒垣はどう対処したのかな」

力丸は問いかけた。

「配当金の支払いが滞《とどこお》ったのは単なる事務手続きミスだと言い張って、『共進エンタープライゼス』は未払い分のリターンをすぐに堀江繁之の銀行口座に振り込んだようですよ」

「それで話《ナシ》がついたことにしたら、関西の極道の面子《メンツ》は丸潰《まるつぶ》れだな」

「ええ、そうですね。だから、浪友会は堀江の出資金をそっくり返却しろと凄《すご》んだみたいなんですよ」

「荒垣は当然、その要求を突っ撥《ぱ》ねたんだろうな」

「一億五千万円の違約金を払えば、残りの五千万の返却に応じると言い返したようです。そんなことで決裂したままで、いたずらに時間が流れてしまったんでしょう」

「浪友会は武闘派だが、関東共進会と事を構えたら、東西勢力の全面戦争にエスカレートするかもしれないな」

「ええ、それは避けたかったんでしょう。で、浪友会は自分らに楯突《たてつ》いた荒垣を葬《ほうむ》る気になったのかもしれませんね。やくざは、東西を問わず何よりも体面に拘《こだわ》りますんで」

「そうだな」

「ほとんどの武闘派のやくざは、頭でっかちのインテリやくざが商才を発揮して貫目《かんめ》を上げてることを苦々しく思っています。浪友会の幹部たちは、知力でのし上がった荒垣には敵意を持ってたんじゃないのかな。そう考えれば、浪友会の幹部どもは怪しいですよね。幹部のひとりが切断死体を廃ビルに棄《す》てて逃げるとき、事前に外しておいた金バッジをうっかり路上に落としてしまったんじゃないんですか。偽装工作にしては、幼稚すぎるでしょ？」

「確かに子供っぽい細工だよな」

「力丸《リキ》さん、すぐに大阪に飛びましょうよ。浪友会の幹部たちを少しハードに締め上げれば、一件落着ってことになると思います」

「タイムリミットがあるからって、性急になるのはよくないな。衝動殺人もあるが、人殺しの背景には複雑なからくりが潜《ひそ》んでる事例が少なくない。おれは、そのことを経験則で学んでる」

「ええ、その通りでしょうね。しかし、今回は無法者同士の縺《もつ》れ合いが原因の殺人《コロシ》なんじゃないかな。自分の勘ですが」

「科学捜査の時代でも、刑事の直感や勘を軽く見る気はない。でもな、事実を一つずつ積み重ねていくのが捜査の基本だ。与えられた日数がどんなに短くても、そのことを忘れちゃいけないな。早く結果を出そうとして誤認逮捕なんかやらかしたら、刑事として失格だ」

「自分、逸《はや》る気持ちを抑えるようにします。ところで、どう動きましょうか」

尾崎が指示を仰《あお》いだ。

「被害者の妻は取り込んでるだろうが、まず故人宅に行ってみよう。その後は『共進エンタープライゼス』に回って、稲富専務たち役員から情報を集めようじゃないか」

「了解です」

「では、行こう」

力丸は言って、先にソファから立ち上がった。

その直後、懐で刑事用携帯電話《ポリスモード》が着信音を発した。力丸は上着の内ポケットからポリスモードを取り出した。電話をかけてきたのは分室室長の有村理事官だった。

「捜査資料に目を通し終えたころかな」

「ええ、読み終えました。これから尾崎と捜査に取りかかります」

「よろしく頼むな。機捜の初動班が被害者の荒垣が愛人を囲ってた事実を摑んでくれたんだ」

「その彼女のことを詳しく教えてくれませんか」

「わかった。氏名は長岡未樹《ながおかみき》、二十七歳だ。元レースクイーンで、『鳥居《とりい》レジデンス』の五〇一号室に住んでる。パトロンの荒垣に月に百二十万円の手当を貰《もら》ってたんで、ゆとりのある暮らしをしてるそうだ」

「お手当の中から家賃を払ってたんでしょうか」

「愛人の部屋の家賃三十八万円は、荒垣のポケットマネーから払われてたそうだよ」

「そうですか」

「その未樹はパトロンの目を盗んで、こっそり三十代の男とデートしてたみたいなんだ。そのことで、荒垣は探偵を雇って未樹の身辺を調べさせたらしいんだよ。この近所で、探偵の聞き込みがあったと報告されてる。未樹が彼氏にパトロンを片づけさせたと疑えなくはないんじゃないか」

「そうですね。長岡未樹の顔写真《ガンクビ》を送信してもらえますか。荒垣の愛人《レコ》に探りを入れてみます」

力丸はいったん電話を切り、送信を待った。

4

捜査車輛《しゃりょう》は目に留まらない。

だが、解体前の古ぼけたビルの前には黄色い規制線のテープが張られている。切断死体が発見された雑居ビルは八階建てだった。

力丸は、灰色のエルグランドの助手席から降りた。

運転席の尾崎が倣《なら》う。コンビは、捜査に取りかかる前に事件現場に必ず臨《のぞ》んできた。初動捜査に手落ちがあったかもしれないと大事をとったわけではない。

犯行現場に立つと、被害者の無念がひしひしと伝わってくる。刑事魂を掻《か》き立てられるわけだ。

力丸たち二人は規制線のテープを潜《くぐ》って、雑居ビルのエントランスロビーに入った。奥に進むと、床にうっすらと血痕がにじんでいた。その近くに、二つの花束が置かれている。

力丸は屈《かが》み込んで、短く合掌した。

相棒もしゃがみ、両手を合わせる。コンビは立ち上がり、あたりを仔細《しさい》に観察した。予想通り、犯人の遺留品と思われる物は見つからなかった。

廃ビルのエレベーターは使えない状態だった。

力丸たちは階段を使って、各階を検《しら》べてみた。だが、何も手がかりは得られなかった。

二人は老朽化した雑居ビルを出て、付近の聞き込みを開始した。しかし、徒労に終わった。

コンビは専用捜査車輛に乗り込み、赤坂見附に向かった。

荒垣が何者かに連れ去られた場所は、造作《ぞうさ》なく見当がついた。被害者所有のベンツＳＬ500はどこにも駐《と》められていなかった。所轄の赤坂署に保管されているのだろう。

力丸たちは拉致現場の周辺のビルを訪ね回った。だが、結果は虚《むな》しかった。

「力丸さん、被害者宅に行ってみましょうよ」

尾崎がエルグランドに駆け寄って、素早く運転席に入った。巨体ながら、動作は軽やかだ。

力丸は急いで助手席に坐った。尾崎がすぐさま車を発進させる。

荒垣の自宅までは二十分もかからなかった。力丸たちはエルグランドを高層マンションの近くの路上に駐め、被害者宅に足を向けた。

洒落《しゃれ》たアプローチをたどって、集合インターフォンの前で立ち止まる。相棒がテンキーを押した。部屋番号だ。

ややあって、スピーカーから女性の声が流れてきた。

「どちらさまでしょう？」

「警視庁の尾崎といいます。失礼ですが、荒垣真紀さんでしょうか？」

「ええ、そうです」

「このたびは残念なことになりましたね。お悔やみ申し上げます。お取り込み中でしょうが、いくつか確認させてほしいことがあるんですよ。捜査にご協力願えませんか」

「数十分後にセレモニーホールの方が見えることになってるんです。それまででしたら、知っていることはお話しします」

「それで結構です」

「では、オートロックを解除します。エレベーターでお上がりになってください」

真紀の声が熄《や》んだ。

「夫が死んだばかりなのに、妻はあまり悲しみに打ち沈んでる様子じゃなかったな。力丸《リキ》さん、そう感じませんでした？」

「ショックは大きかったはずだが、きちんと葬儀をしなければならないんで、めそついてばかりいられないんだろう」

「そうなんですかね」

「行こう」

くる。

力丸は相棒を促《うなが》し、先にエントランスロビーに足を踏み入れた。すぐに尾崎が従《つ》いてくる。

二人はエレベーターに乗り込み、八階に上がった。八〇八号室の前にたたずむと、ドアが押し開けられた。応対に現われた真紀は黒っぽい衣服に身を包んでいた。薄化粧だった。大きな目が印象的だ。

力丸はＦＢＩ型の警察手帳を呈示《ていじ》し、姓だけを名乗った。尾崎も自己紹介した。

二人は広いリビングに通された。優に三十畳の広さはある。家具や調度品も安物ではない。頭上のシャンデリアも、バカラの特注品なのではないか。

間取りは３ＬＤＫのようだが、専有面積は百数十平米だろう。荒垣真紀は力丸たちをリビングソファに坐らせると、二人分のコーヒーを淹れて力丸の正面のソファに浅く腰を下ろした。

「初動の事情聴取内容を確認させてもらいますね」

力丸はそう前置きして、言い継《つ》いだ。

「三月六日の夜にご主人は赤坂見附のあたりで何者かに拉致されたようなんですが、そのころ奥さんは自宅の固定電話を使って友人と小一時間喋《しゃべ》ってたんでしょう？」

「ええ、そうです。最初に聞き込みにいらした刑事さんが、そのときの通話記録を調べてくれたはずです」

「質問の仕方が悪かったようだな。別に奥さんが事件に関与してるかもしれないと疑ってるわけじゃないんですよ。その晩、何か異変はありませんでした？」

「異変ですか？」

真紀が問い返した。

「ええ、そうです。このマンションの周辺に不審者がうろついてたとか、脅迫電話がかかってきたなんてことは？」

「そういうことはありませんでした。でも、夫は堅気ではなかったので、敵は少なくなかったと思います」

「荒垣さんは『共進エンタープライゼス』の事業内容を奥さんに話されてたんですか？」

「いいえ、夫は仕事に関することはわたしに一切《いっさい》話しませんでした。ですけど、会社のバックは関東共進会なんです。おそらく法すれすれの商売をしてたんでしょう」

「故人は経済やくざとして暗躍してた疑いが濃いんですよ。ストレートに言って、申し訳ないが……」

尾崎が口を挟んだ。

「そのことを否定するつもりはありません」

「『共進エンタープライゼス』は企業恐喝、会社乗っ取り、投資詐欺なんかで荒稼ぎしてたようなんです。ひどい目に遭《あ》った人間はたくさんいるんでしょう」

「そうかもしれませんね。経済的な損失を受けた方たちの中に犯人がいるのかしら？」

「そうも疑えますが、まだわかりません。切断死体が発見された新宿五丁目の廃ビルの近くの路上に大阪の浪友会の幹部用金バッジが落ちていたことは、新宿署刑事課の者から聞いていますでしょ？」

「はい。それが何か？」

「ご主人の会社は大阪の資産家を投資詐欺のカモにしたようなんですよ。資産家の投資額は二億円で、最初のうちはちゃんと配当金を払ってたみたいですけどね」

「そうなんですか」

「リターンの振り込みが途絶《とだ》えたんで、出資者は投資詐欺に引っかかったと気づいたんでしょう。それで、出資した二億円の返却の交渉を浪友会に頼んだようです。『共進エンタープライゼス』は一億五千万円を違約金として差っ引いて、残りの五千万円を出資者に戻してもいいと条件を出したみたいですよ」

「投資話が嘘だったとしたら、ひどい話だわ。夫の会社が恨まれても仕方ありませんね。その投資家が怒って荒垣を拉致してから、惨《むご》い殺し方をしたのでしょうか」

真紀が尾崎と力丸の顔を交互に見た。力丸は手で相棒を制し、先に口を開いた。

「堅気の投資家が企業舎弟の社長を殺害するだけの度胸と覚悟はないでしょう。場合によっては、関東共進会に仕返しされることになるでしょうから」

「ええ、考えられますね。投資家が出資した二億円の回収を請け負った浪友会が面子《メンツ》を潰されたことに腹を立てて、夫を……」

「遺留品の金バッジのことがありますんで、そう推測したくなりますよね。でも、犯罪を重ねてる極道が切断死体の遺棄現場近くに浪友会の幹部用金バッジを落とすとは、あまりに間抜けな話でしょう」

「言われてみれば、確かに。『共進エンタープライゼス』に恨みのある者が浪友会の犯行に見せかけて、荒垣を殺したんでしょうか」

「ええ、そうなのかもしれません。ですが、浪友会関係者がうっかり金バッジを落としてしまったとも考えられます」

「そうなのでしょうか」

真紀が考える顔つきになった。

会話が中断した。力丸はコーヒーカップを持ち上げた。ブラックのままコーヒーを啜《すす》る。

尾崎が釣られてコーヒーを口に含んだ。

「不躾《ぶしつけ》な質問をさせてもらいます。ご夫婦の関係は少し冷めていたのでしょうか。初動の聞き込みで、奥さんはご主人に愛人がいるようだと述べてますよね？」

力丸は確かめた。

「ええ。だいぶ前から荒垣は月に三、四度、外泊するようになりました。仕事で関西や九州に出張すると言っていましたが、女は勘が鋭いんですよ。わたし、夫に愛人がいると直感しました。でも、夫を詰《なじ》ったりしませんでした」

「なぜです？」

「わたし、子供を産めない体なんですよ。卵巣を二十代のころに摘出してしまったの、結婚前にね。でも、荒垣はちゃんと入籍してくれました。わたし、そのことには感謝してるんです」

「そうですか」

「子供を授かれないことで、なんとなく夫には負い目を感じていました。ですから、荒垣が外に女を作って妊娠させても目をつぶってやるつもりでした。でも、夫は愛人にすっかり心を移したみたいなんで、だんだん感情が擦《す》れ違うようになってしまったんですよ」

「離婚を考えたことは？」

「それはありません。わたしは取柄《とりえ》のない女ですので、小さな商いをして自分で食べていく自信がないの。荒垣に棄てられない限りは生涯添い遂《と》げるつもりでいました」

真紀がうつむいて、下唇を嚙《か》んだ。夫が愛人にうつつを抜かしていることで、女心をかなり傷つけられたにちがいない。

真紀は荒垣に幻滅し、憎しみも覚えていたのだろう。しかし、自立するだけの自信のない妻が第三者に夫を始末させるとは考えにくいのではないか。

荒垣真紀はシロだろう。力丸はそういう心証を得て、辞去《じきょ》する気になった。尾崎はなおも探りを入れたいような顔つきだったが、何も言わなかった。

コンビは八〇八号室を出て、すぐに一階に降りた。マンションを出たとき、物陰に走り入る人影に気づいた。

広瀬だった。監察官は力丸が職務の合間に妻の遥と密会するとでも疑っているのか。力丸は笑いそうになった。

相棒の尾崎は広瀬に気づかなかった。広瀬《ヤサ》にいつまでも尾行されるのはうっとうしい。

「今度は、おれが運転するよ。長岡未樹の家に行こう」

力丸はエルグランドに走り寄って、運転席に入った。尾崎が助手席に坐る。

「班長に運転させるのは、なんか申し訳ない感じだな」

「たまにはいいじゃないか」

力丸はエンジンを始動させ、シフトレバーをＤ《ドライブ》レンジに入れた。穏やかに車を走らせ、ごく自然にルームミラーに目をやった。

数十メートル後ろから黒いプリウスが追尾《ついび》してくる。ステアリングを操《あやつ》っているのは、監察官の広瀬だった。

「久しぶりにエルグランドを運転するな。少し遠回りをして、ドライビングを楽しむか」

力丸は尾崎に言って、故意に迂回《うかい》しはじめた。プリウスの尾行を撒《ま》くことができたのは、十数分後だった。

力丸は密《ひそ》かにほくそ笑み、鳥居坂をめざした。

長岡未樹の自宅マンションを探し当てたのは、およそ二十分後だった。『鳥居レジデンス』は六階建てだが、斬新《ざんしん》なデザインで目を惹《ひ》く。

力丸はエルグランドをマンションの植え込みの際《きわ》に寄せた。

尾崎が先に助手席から出た。力丸もエルグランドを降りる。二人はマンションの集合インターフォンの前まで歩いた。

未樹の部屋は五〇一号室だ。尾崎がテンキーを押した。しかし、なんの応答もなかった。

元レースクイーンはパトロンの荒垣が殺されたことを知り、つき合っている三十代の男と遊びほうけているのか。それとも、近くのスーパーマーケットに買物に出かけたのだろうか。

「未樹の帰りを少し待ってみるか」

「そうしましょう」

コンビは踵《きびす》を返し、エルグランドの中に戻った。あと数十分で、正午になる。

力丸はポリスモードを取り出して、有村から送信された写真を表示させた。未樹は彫《ほ》りの深い顔立ちで、目が大きい。見れば、すぐにわかるだろう。

力丸はポリスモードを懐に収め、フロントガラスの向こうに視線を注いだ。

三十分が過ぎ、一時間が経過した。それでも、未樹は帰宅しない。

「パトロンが死んだんで、元レースクイーンは彼氏と温泉にでも行ったのかもしれませんね」

尾崎が言った。

「金だけでパトロンと繋《つな》がってたんだとしたら、そういうことも考えられるな。おそらくパトロンには恋愛感情は持ってなかったんだろう」

「だと思いますね。荒垣に彼氏の存在を知られてたとしたら、浮気カップルはいつか殺《や》られてしまうかもしれません。力丸《リキ》さん、未樹はその強迫観念にさいなまれて、密かにつき合ってた野郎に荒垣を片づけさせたんじゃないでしょうか。単独ではやれないんで、裏便利屋にでも助《ス》けてもらって」

「長岡未樹の彼氏が何者かわからないが、堅気が関東共進会の理事のひとりだった荒垣を始末できるかな。そんなことをしたら、そいつと未樹は殺されることになるだろう」

「でしょうね。でも、未樹の彼氏が凶暴な半グレだったら、別にヤー公にビビったりしないと思うな。捨て身で生きてる奴らは、別に組員なんか目じゃないと考えてますからね。現に半グレに半殺しにされた組員は何人もいますよ」

「未樹の彼氏が荒っぽい半グレだとしたら、浪友会の仕業と見せかけて『共進エンタープライゼス』の社長を拉致してから殺害したのかもしれないな」

「ええ」

「尾崎《ザキ》、少し空腹感をなだめよう。グローブボックスから、ラスクとビーフジャーキーを出してくれないか」

力丸は頼んだ。尾崎が短い返事をして、グローブボックスの中から張り込み用の非常食を取り出した。

それぞれがペットボトル入りの飲料水を用意していた。力丸たち二人は喉を潤《うるお》しながら、ラスクとビーフジャーキーを胃袋に収めた。

「おれたちは因果な仕事をしてるよな。尾行や張り込みで飯を喰い損《そこ》なうことはよくあるし、場合によっては親を看取《みと》ることもできない。な、尾崎?」

「ですね。でも、自分は刑事を辞める気はありません。悪い奴らを追いつめるゲームは危険ですけど、すごくスリリングでしょ?」

「そうだな。おれも、停年まで現場捜査に携《たずさ》わっていたいよ」

二人は雑談を交わしはじめた。

やがて、午後二時半を過ぎた。未樹はいっこうに帰ってこない。力丸は張り込みを切り上げることにした。

エルグランドで赤坂四丁目に向かう。目的地までは、ほんのひとっ走りだった。力丸たち二人はエルグランドを路上に駐《と》め、白っぽい雑居ビルに足を踏み入れた。

『共進エンタープライゼス』のオフィスは五階にある。コンビは入室し、近くにいた若い男性社員に素姓を明かした。相手が緊張した面持《おもも》ちになった。

「手入れじゃないから、安心してくれ。荒垣社長の事件のことで、役員たちから話を聞きたいんだ」

力丸は言った。

「いま社内にいる役員は、稲富専務だけなんですよ」

「それじゃ、専務に取り次いでくれないか」

「わかりました。少々お待ちになってください」

男性社員が奥に向かった。長くは待たされなかった。男性社員は二分そこそこで戻ってきた。

「お目にかかるそうです。突き当たって、二番目の部屋が専務室です。その隣が社長室になっています」

「そう。ありがとう！」

力丸は相手を犒《ねぎら》って、通路の奥に向かった。数歩後から、尾崎が従いてくる。

専務室に達した。力丸はドア越しに名乗ってから、専務室に足を踏み入れた。相棒が後ろ手にドアを閉める。

力丸たちは警察手帳を短く見せて、おのおの姓を明かした。稲富が如才《じょさい》なく名乗って、両袖机の前に置かれた応接セットを手で示した。総革張りの重厚なソファだった。

稲富は先に来訪者を坐らせてから、力丸の前のソファに腰かけた。商社マン風の物腰だが、目には特有の凄みがあった。

まだ四十六歳だが、額はだいぶ後退している。小太りだった。いかにも仕立てのよさそうなスーツを着込んでいる。左手首には、ウブロの超高級腕時計を嵌《は》めていた。

「高そうな腕時計をしてらっしゃる。それ、五百万円ぐらいするんじゃありませんか」

力丸は、ことさら羨《うらや》ましげに言った。

「はったりも必要なんで、六十回払いのローンで買ったんですよ」

「ご冗談を！　早速ですが、大阪の堀江という投資家の代理人として動いてた浪友会と貴社は揉めてたようですね」

「地熱エネルギー開発ビジネスに二億円を出資してくださった堀江繁之さんは投資詐欺に引っかかったと早とちりして、金の引き揚げを浪友会に頼んだんです」

「早とちり？」

「そうです。事務上の手違いで、堀江さんの配当金の振り込みが中断してしまったことがあったんですよ。それで、浪友会の者がここに乗り込んできて、堀江さんの出資金をすぐに返せと喚《わめ》き、一億円の詫び料を出せと言い募《つの》ったんです。荒垣社長は相手の要求を呑んでやる代わりに、堀江さんに一億五千万円の違約金を払ってもらうぞとやり返したんですよ。逆上した代理人が拳銃《チヤカ》をちらつかせたんですが、うちの社長は少しもたじろぎませんでした。だから、相手は度肝《どぎも》を抜かれたんでしょう。急におとなしくなって、こちらの言い分に耳を傾けるようになりました」

「こちらの言い分というのは、事務上の手続きミスで堀江さんの配当金の振り込みが中断しただけだと……」

「はい、そうです。代理人は最初は疑わしそうでしたが、しまいには納得してくれました。堀江さんが出資してくださった二億円は小社で運用させていただいて、きちんとリターンをお支払いしていますよ」

「そうなら、浪友会とは揉めごとにはならなかったんでしょうね」

「ええ。浪友会は、早とちりした堀江さんから迷惑料の類《たぐい》を貰ったと思いますが、小社とはトラブルにはなりませんでした。ただ……」

稲富専務が口ごもった。すかさず尾崎が話に割り込む。

「知ってることは、包み隠さずに教えてくれませんか。あなたは、被害者に目をかけられてたみたいですね。早く故人を成仏させてやりましょうよ」

「わかりました。荒垣は一年あまり前に東京進出した浪友会系のヤミ金のあこぎな商売に義憤を覚えて、営業妨害したことがあるんです」

「そのヤミ金は撤退《てったい》したのかな」

「ええ、そうなんですよ。浪友会がそのときのことを根に持って、うちの社長を引っさらって殺したとも疑えます。死体遺棄現場の近くに浪友会の幹部用金バッジが落ちてたという話を新宿署の刑事さんから聞いたときは、わたし、反射的に浪友会が臭いと思いました」

「稲富さん、ちょっと待ってください。その遺留品のことなんですが、いかにも偽装工作っぽいでしょ？　犯罪の足がつかないよう気を配ってるはずの極道が金バッジを落とすなんて失敗《ドジ》はしないと思うんですよ」

力丸は相棒よりも先に喋った。

「うむ、そうでしょうね。だとしたら、誰かが浪友会の犯行に見せかけて、うちの社長の命《タマ》を奪《と》ったんだろうか」

「誰か思い当たる人物はいません？」

「すぐに思い当たる奴はいませんが、社長が世話してた元レースクイーンがこっそりつき合ってた彼氏が大阪の極道の犯行に見せかけて……」

「元レースクイーンというのは、長岡未樹さんのことですね？」

「はい。社長は姐《あね》さんと離婚する気はないと言ってましたが、愛人《レコ》に夢中だったんですよ。未樹が浮気してるんじゃないかと疑心暗鬼に陥《おちい》って、探偵に彼女の素行調査をさせたこともあるんです。愛人に浮気相手がいるという証拠は摑めなかったらしいんですが、社長に隠れて密会してた野郎がいたんじゃないのかな。社長は自分でそいつを突きとめて、愛人に近づいたら、ぶっ殺すとでも威《おど》したのかもしれません」

「長岡さんの浮気相手が先手を打って、荒垣さんを始末したんだろうか」

「刑事さん、そのあたりのことを少し調べてみていただけませんか。社長には若い時分から何かと世話になったんですよ。ですんで、一日も早く犯人を取っ捕まえてほしいんです。無駄になるかもしれませんが、どうかお願いします」

稲富専務がテーブルに両手を掛けて、深々と頭《こうべ》を垂れた。

「被害者の愛人に彼氏がいたのかどうか、ちょっと調べてみますよ」

「そうですか。その浮気相手がキレやすい野郎だったら、社長を殺《や》ったのかもしれませんのでね。わたしにお手伝いできることがあったら、なんでも申しつけてください」

「お気持ちだけ頂戴しておきます」

「警察が大っぴらに暴力団関係者の力を借りるわけにはいきませんか」

「ええ、まあ。ご協力に感謝します」

力丸は礼を述べ、ソファから立ち上がった。

尾崎も腰を上げた。コンビは稲富に見送られて、専務室を出た。

「『鳥居レジデンス』に戻るぞ」

力丸は相棒に耳打ちして、出入口に急いだ。

第二章　敵意の根源

1

退屈だった。

欠伸《あくび》が出そうになった。力丸は目を見開き、気持ちを引き締めた。エルグランドの運転席に坐り、『鳥居レジデンス』のアプローチにずっと目を向けていた。

いつしか外は薄暗くなっていた。

だが、長岡未樹はいっこうに帰宅しない。助手席の尾崎は時々、長嘆息《ちょうたんそく》した。それでも、ぼやいたりはしなかった。

張り込みは自分との闘いだ。捜査対象者や被害者と交友のあった人間に接触できるまで、ひたすら待つ。被疑者をマークするときは昼夜も問わずに愚直に監視しつづける。それが鉄則だった。

「やっぱり長岡未樹はパトロンが死んだんで、こっそりつき合ってた男と旅行に出かけたんじゃないですかね」

尾崎が呟《つぶや》くように言った。

「そうかもしれないな」

「だとしたら、ここで未樹の帰りを待ちつづけるのは無意味でしょ？」

「尾崎《ザキ》、あまり急《せ》くな。未樹が彼氏と旅に出たかどうかわからないじゃないか。そのうち、ひょっこりと帰ってくるかもしれない」

「そうですね。もうしばらく待ってみましょうか」

「ああ、そうしよう」

力丸は口を結んだ。

それから間もなく、『鳥居レジデンス』の前にドルフィンカラーのＢＭＷが停まった。５シリーズだった。安くない高級外車だ。

ドイツ車の助手席には、長岡未樹が坐っていた。運転席の男は三十三、四歳だろうか。マスクは整っている。だが、どことなく崩れた印象を与える。といっても、やくざではなさそうだ。

「未樹は彼氏とドライブに行ってたんですかね。力丸《リキ》さん、BMWを尾行してドライバーの正体を突きとめますか？」

「いや、ナンバー照会して男の名前と現住所を調べてくれ」

「了解です」

尾崎が無線の端末に手を伸ばした。

そのとき、未樹が運転席の男と軽いキスをした。どうやら相手を部屋に請《しよう》じ入れることなく、別れる気らしい。未樹が車を降り、後部座席から大きな紙袋を取り出した。有名ブランドのロゴが見える。

「BMWの所有者は横溝亮《よこみぞりよう》、三十四歳です。住所は渋谷区神宮前《じんぐうまえ》五丁目になってます。マンション住まいのようです」

「そうか。先に未樹から手がかりを引き出し、後で横溝という奴に会おうや」

力丸は言った。

そのすぐ後、BMWが走りだした。ドイツ車がエルグランドの横を通過していった。コンビは相前後して車を出た。『鳥居レジデンス』まで駆ける。

紙袋を提《さ》げた元レースクイーンは、早くも集合インターフォンの手前まで達していた。

力丸は大声で未樹を呼び止めた。

未樹がたたずみ、不審そうな目を向けてくる。

「怪しい者じゃないんだ。警察の者です」

力丸は名乗って、未樹と向かい合った。

尾崎が力丸と並んでから、自分の姓を告げた。むろん、二人とも警察手帳を短く呈示した。

「パパに関することは機動捜査隊と所轄署の刑事さんにちゃんと話しましたよ。同じ質問に答えるのはかったるいな」

未樹が力丸に言った。

「そうだろうが、協力してほしいんだ。自分たちは初動捜査の後の調べを担当してるんだよ」

「というと、捜査本部の方なのね」

「いや、まだ新宿署に捜査本部は設置されてないんだ。本庁の組織犯罪対策部も、やくざ絡みの殺人事件を捜査してるんだよ」

「へえ、そうなの」

「きみのパトロンだった荒垣卓郎さんは三月六日の夜、帰宅途中に何者かに拉致されてから殺害されたと思われるんだが、犯人に心当たりはない？」

「誰が犯人なのか見当もつかないわ。パパは関東共進会の企業舎弟《フロント》のトップだったんで、何らかのトラブルに巻き込まれてたんじゃない？　でも、わたしは具体的なことは何も知らないのよ」

「きみの部屋で被害者はビジネスのことはあまり話さなかったようだね」

「ほとんど話さなかったわ」

「そう。きみが被害者の世話になる気になったのは？」

「レースクイーンをやってたころ、わたし、バイトでパーティー・コンパニオンの仕事も週に一、二度してたの。あるパーティーに出席してた荒垣さんに気に入られて、熱心に口説かれたのよ」

「相手が堅気じゃないことを見抜けなかったわけじゃないんだろう？」

　力丸は訊いた。

「ええ。けど、ブランド物を次々にプレゼントされたんで、拒《こば》みきれなくなっちゃったの。それに、貧乏臭い暮らしはしたくないと思ってたんでね」

「で、経済やくざの愛人になったのか」

「そうなの。このマンションに住まわせてもらって、月に百万円以上のお手当をいただけるのはありがたかったんだけど、パパはわたしを束縛《そくばく》するんで……」

「それがうざったくなって、さっきＢＭＷで送り届けてくれた横溝亮とパトロンの目を盗んで密会するようになったのか」

尾崎が話に加わった。

「どうして横溝さんのことを知ってるの!?」

「自分らは、きみの帰りをずっと待ってたんだよ。そしたら、横溝の車で送り届けられた。ＢＭＷのナンバー照会をして、そっちの彼氏のことを知ったのさ」

「そうだったの」

「あのイケメンとは、いつからつき合ってるんだい？」

「十カ月ぐらい前からね。六本木でナンパされたんだけど、好みのタイプだったんで……」

「パトロンにバレないようにしながら、デートを重ねてたんだ？」

「ええ、まあ。でも、パパはわたしに新しい彼氏ができたと感じ取ったみたいで、探偵を雇ったの。うまく探偵の尾行を撒《ま》いたんで、横溝さんとの関係はバレずに済んだようだけどね」

「さあ、それはどうかな。殺された荒垣卓郎はこっそりそっちを尾《つ》けて、新しい彼氏との密会現場を押さえたかもしれないぞ」

「やだ、そうだったのかしら」

未樹が口に手を当てた。

「そう思われる節《ふし》はあったんじゃないのか？」

「そういえば、何度か鎌をかけられたことはあったわ」

「横溝って彼は、そっちのパトロンに威《おど》されたと言ってなかった？」

「そういうことは一度も言わなかったわね。でも、二人の関係がバレたら……」

「そっちのパトロンを片づけるとうそぶいたのかな」

「そう言ってたけど、虚勢だったんだと思うわ。筋者《すじもの》を殺したりしたら、仕返しで自分も殺されることになっちゃうでしょ？」

「犯行がバレないようにすれば、きみの新しい彼氏が殺《や》られることはないだろう」

「刑事さん、おかしなことを言わないで。横溝さんはイベント・プロデューサーで、やくざ者じゃないわ」

「きみはどうなのかな」

「それ、どういう意味なの!?」

「横溝って彼にのめり込んだら、パトロンが邪魔になるよな。きみが殺し屋《プロ》にパトロンを片づけさせたという推測もできなくはない」

「わたしを犯罪者扱いしないで！　いくらなんでも、失礼だわ」

「そうなるのかな」

「当たり前でしょ！」

「ストレートな言い方をしちゃったようだな。勘弁してくれないか」

尾崎が軽く頭を下げた。未樹が頰を膨《ふく》らませ、そっぽを向いた。

「連れの言い方は少しラフだったね。感情を害しただろうが、赦《ゆる》してやってくれないか」

力丸は未樹をなだめた。

「ええ、わかったわ」

「ありがとう。ところで、荒垣さんがどこか対立してる組織に命を狙《ねら》われてるような気配は感じなかった？」

「半年ぐらい前だったかな、パパと近くのレストランからマンションに戻るときに関西弁の男たちに取り囲まれたことがあったわ」

「何人だった？」

「三人で、揃《そろ》って組員っぽかったな。三、四十代の男たちだったわ。三人組のひとりがベルトの下から匕首《あいくち》を引き抜いて、パパの片腕をむんずと摑んだの。危《ヤバ》いことになると思ったんで、わたし、大声で助けを求めたのよ」

「それで、どうなったのかな？」

「通行人が四、五人立ち止まって、わたしたちのいる場所に目を向けてきたの。そうしたら、三人組は慌《あわ》てて脇道に逃げ込んだわ」

「それで事なきを得たのか。その後、きみのパトロンが誰かに拉致されかけたことはあったんだろうか」

「それはなかったと思うわ、多分ね」

「そう」

「もういいでしょ？　わたし、さっきからトイレに行きたいと思ってたの」

「引き留めて悪かったね」

力丸は謝意を表した。未樹がエントランスロビーに入り、エレベーター乗り場に向かった。

「関西弁の男たちは、浪友会の奴らなんではありませんか。荒垣は、東京進出を企《くわだ》てた浪友会系のヤミ金業者を撃退したことがありましたんで」

尾崎が言った。

「ああ、その可能性はゼロじゃないだろう」

「そうだったとしたら、『共進エンタープライゼス』の社長は浪友会の息がかかった連中に拉致されて痛めつけられてから、殺されたんじゃないのかな。力丸《リキ》さん、自分の筋読みは外れてますかね」

「まるで見当外れじゃないだろうな。被害者《マルガイ》は投資家の出資した二億円を回収しに乗り込んできた浪友会の人間を追い返してる」

「ええ、そうですね。荒っぽい極道が虚仮《こけ》にされたまま、尻尾を巻くかな。やっぱり、今回の事件《ヤマ》には浪友会が深く関わってるんじゃないんですか」

「そうなんだろうか。とにかく、横溝亮の家《ヤサ》に行ってみよう。ここからは、おまえにエルグランドを運転してもらおうか」

力丸は言った。

尾崎が快諾《かいだく》し、先にアプローチを足早に進んだ。力丸も歩幅を大きくした。尾崎がエルグランドの運転席に乗り込む。力丸は車を回り込み、助手席に坐った。

「神宮前に向かいます」

尾崎がエルグランドを動かしはじめた。

数百メートル進むと、力丸の上着の内ポケットで刑事用携帯電話《ポリスモード》が着信音を発した。ポリスモードを取り出す。発信者は有村理事官だった。

「司法解剖の結果が出たよ。死亡推定日時は、三月七日の午後十時から八日の午前三時の間とされた」

「死因は？」

「やはり、絞殺だったよ。荒垣はどこかで拷問されてから、結束《けっそく》バンドで窒息させられたんだ。そして大型の刃物で首と両腕を切り落とされ、新宿五丁目の廃ビルに遺棄されたにちがいない」

「そうだったんでしょうね」

「何か収穫があった？」

「ええ、少しばかり……」

力丸は経過をつぶさに語った。

「長岡未樹が単独でパトロンを殺害した可能性はきわめて低いだろうね。いくら横溝というイベント・プロデューサーと切れたくないと思ってても、荒垣を殺すことなんかできないだろう」

「ええ。犯罪のプロに荒垣を始末してもらったという推測もできますが、警察に殺人教《きょう》唆《さ》を見破られたら、それこそ一巻の終わりですからね」

「その通りだな。しかし、新しい彼氏の横溝亮に実行犯を引き受けてもらったとは考えられるんじゃないか。その男が未樹にぞっこんだったら、犯行を否認しつづけるだろう」

「ええ、ぎりぎりまで未樹を庇《かば》い通すでしょう。ただ、イベント・プロデューサーは堅気と思われますから、代理殺人までやりますかね？」

「常識的には、代理殺人は請け負ったりしないだろう。たとえ未樹にのめり込んでたとしてもな」

「そうでしょうね」

「となると、大阪の極道のほうが疑わしいな。被害者は東京進出した浪友会系のヤミ金業者を追っ払い、さらに投資家の堀江繁之の出資金二億円の返却を拒否した。荒っぽい極道たちは、経済やくざだった荒垣にいなされた恰好《かっこう》になる」

　有村が言った。

「ええ、そうですね。尾崎が言っていましたが、法律の向こう側で生きてる連中は面子に拘《こだわ》ります」

「そうだね。恥をかかされたりすると、子供のように逆上する傾向がある。そして、凶行に走ったりするな」

「そう考えると、浪友会関係者が荒垣に報復したのではないかと思えてくるんですが、やはり遺留品の幹部用金バッジが作為的に感じられて……」

「わたしも小細工っぽいと思ってるが、実行犯のひとりが冷静さを失ってたんで、路上に金バッジを落としたのかもしれないぞ」

「そうなのでしょうか」

「念のため、大阪に行ったほうがよさそうだな」

「有力な手がかりを摑めなかったら、ちょっと浪友会に揺さぶりをかけてみます。そのリアクションで、浪友会が今回の事件《ヤマ》に絡んでるかどうか見当はつくでしょうから」

「そうだね。浪友会に接近するときは、必ず拳銃を携行するようにしてほしいんだ。相手が発砲するような動きを見せたら、ためらうことなく引き金を絞ってくれないか。事前に威嚇《いかく》射撃しなかったとしても、きみらの過剰防衛を問うようなことはしない。だから、思う存分に捜査を進めてくれ」

「そのつもりです。これから横溝の自宅マンションに行って、荒垣の事件にタッチしてるか探りを入れてみます。半グレっぽい感じでしたから、背後関係もついでに調べてみるつもりです」

力丸は通話を切り上げ、相棒に有村からもたらされた情報を伝えはじめた。

2

入居者は見当たらない。

『原宿エルコート』の三階だ。横溝が借りている部屋は三〇六号室だった。

力丸たちコンビはエレベーターホールにいた。八階建ての賃貸マンションの出入口は、オートロック・システムではなかった。

横溝のBMWは、マンションの専用駐車場に置いてあった。未樹の浮気相手は、自分の部屋にいるにちがいない。

力丸たちは抜き足で歩廊《ほろう》を進んだ。じきに三〇六号室に達した。力丸は白っぽい玄関ドアに片方の耳を押し当てた。

すると、室内から男の声がかすかに聞こえた。

関西弁だった。大阪弁か京都弁かは判断がつかなかったが、間違いなかった。

相手の声は流れてこない。横溝は自宅で誰かと電話で喋っているのだろう。通話内容までは聞き取れなかった。

力丸は相棒に目で合図して、先に三〇六号室から離れた。二人は歩廊の端まで歩き、そこで向かい合った。

「力丸《リキ》さん、どうしたんです？」

尾崎は怪訝《けげん》そうな表情だった。

「横溝が関西弁で電話で話してたんだよ」

「えっ、関西弁で通話してたんですか」

「横浜育ちのおれには、大阪弁か京都弁かはわからなかったがな。あるいは神戸弁か、奈良弁なのかもしれない」

「自分も、関西弁の聞き分けはできません。仮に横溝が大阪出身だとしたら、浪友会と接点があるとも考えられるんじゃないですか」

「そうだな。横溝は半グレかもしれないが、関西の極道なんかじゃないだろう」

「ええ、ヤー公じゃないでしょうね。後で横溝の犯歴をチェックしてみます。二十代のころに傷害か何かで検挙《アゲ》られたことがあるかもしれませんので」

「そうだな」

力丸は短く応じた。

数秒後、エレベーターホールの方から金髪の白人女性が歩いてきた。二十代半《なか》ばだろうか。女優のように美しく、スタイルも抜群だ。

ブロンド美人は三〇六号室の前で立ち止まり、バッグから部屋の鍵《キー》を抓《つま》み出した。ドアのロックを解き、すぐに部屋の中に消えた。

力丸は相棒と顔を見合わせた。

「いま部屋に入っていった白人娘は、横溝の彼女っぽいな。もしかしたら、同棲してるんじゃないんですか」

「スペアキーを使ったから、二人が親密な仲であることは確かだろう」

力丸は言った。

「そういう相手がいるのに、横溝は経済やくざの愛人《レコ》に手を出したんですかね。遊びの相手に未樹を選んだとしたら、大胆不敵だな」

「おそらく横溝亮は何か目的があって、長岡未樹に接近したんだろう」

「その目的とは何なんでしょう？」

「ひょっとしたら、横溝は間接的に浪友会と繋がってるのかもしれないぞ」

「そうだと仮定すると……」

「荒垣卓郎は、東京進出を企てた浪友会系のヤミ金業者を蹴散らしたことがある。営業妨害されたヤミ金業者が反撃する気になって、横溝を荒垣の愛人に近づかせ、『共進エンタープライゼス』の致命的な弱みを探らせようと画策したとは考えられないか」

「それ、考えられますね。横溝はイケメンなんで、女にはモテるんでしょう。未樹は贅沢《ぜいたく》な生活をしたかったから、はるか年上の経済やくざの愛人《レコ》になった」

「そうだったな。パトロンに恋愛感情があったわけじゃないんで、横溝に協力する気になりそうだ。未樹はおれたちには、パトロンがビジネス絡みのことは何も話してくれなかったと言ってたが、それは事実じゃなかったのかもしれないぞ」

「ええ、そうですね。横溝は未樹から『共進エンタープライゼス』の致命的な弱みを聞き出して、東京から撤退せざるを得なかった浪友会の息がかかったヤミ金業者に教えたのかな。その弱みを切札《きりふだ》にして反撃に出たが、荒垣は怯《ひる》むことはなかった。それどころか、関東共進会が牙を剝《む》きそうになったんですかね。で、ヤミ金業者は手下の者に荒垣を拉致させ、さんざん痛めつけた。それでも、荒垣は屈《くっ》しなかったんでしょう。だから、絞殺されて首と両腕を切断されたんじゃないかな」

「そう筋を読むことはできるだろう。推測通りだとしたら、なぜ横溝は未樹から遠のこうとしなかったのか。そいつが謎だな。ベッドパートナーは複数いたほうがいいと考えたのか」

「それは力丸《リキ》さんの発想でしょう」

尾崎がからかった。

「荒垣が死んだとたんに離れたら、未樹や警察に疑われやすいと横溝は考えたんだろうか」

「そうなんじゃないかな。ブロンド美人をいつも抱いてると、たまには国産品とナニしたいと思う気持ちも少しはあったと思いますよ」

「そういう思いはあったんじゃないか」

「話が逸《そ》れそうですね。三〇六号室のドアを開けさせて、横溝を追い込んでみます？」

「いや、それはまだ早いな。いったん車に戻ろう」

力丸は言って、エレベーター乗り場に足を向けた。すぐに尾崎が肩を並べる。

二人は一階に降り、『原宿エルコート』の斜め前の路肩に寄せたエルグランドに近づいた。力丸は運転席に乗り込んだ。

助手席に坐った尾崎が、警察庁に横溝の犯歴照会をする。いわゆるA号照会だ。待つほどもなく回答があった。

「二十三歳のとき、横溝は大阪の曽根崎《そねざき》署に傷害の現行犯で捕まってますね。通行人と肩がぶつかったことに腹を立て、相手の中年サラリーマンを殴打したようです」

「有罪判決が下ったのか？」

力丸は問いかけた。

「ええ。でも、執行猶予が付きましたんで、刑務所《ムショ》には入ってません」

「浪友会との繋がりは？　何らかの接点があるのかもしれないな」

「自分もそんな気がしてたんですが、浪友会の世話になったことはないようでした」

「そう。学校の先輩か身内の誰かが浪友会に足《ゲソ》をつけてるんじゃないかな。尾崎《ザキ》、大阪府警の中西刑事にそのあたりのことを訊いてみてくれないか」

「了解です」

尾崎が上着の内ポケットから刑事用携帯電話《ポリスモード》を取り出し、すぐに発信した。スリーコールで電話は繋がった。

尾崎は挨拶《あいさつ》もそこそこに本題に入った。通話は数分で終わった。

「どうだった？」

力丸は早口で訊いた。

「班長、浪友会の幹部に横溝の母方の叔父がいました。立花順《たちばなじゅん》という名で、五十四歳です」

「そうか。その立花は浪友会の企業舎弟に関わってるんじゃないのかな」

「当たりです。浪友会直営の『スマイリーファイナンス』の代表取締役だそうです。表向きは一般の消費者金融らしいんですが、裏でべらぼうな金利を取って五百万まで無担保融資をしてるという話でした。ヤミ金融を裏ビジネスにしてるんでしょう」

「そうにちがいない。『スマイリーファイナンス』の本社はどこにあるんだ？」

「本社は阪神大阪梅田《うめだ》駅の近くにあって、関西を中心に西日本全域に百数十の営業所を構えてるそうです。一年ほど前に赤坂に系列の営業所をオープンさせ、もっぱら高利で飲食店オーナーに運転資金を貸し付けてたらしいんですよ。しかし、店の権利を奪ったりしてたんで、『共進エンタープライゼス』の荒垣があこぎなヤミ金業者を追っ払ったようですね」

「横溝は母方の叔父の立花に頼まれて、荒垣の愛人の未樹に接近したんだろう。それで、『共進エンタープライゼス』の悪事の証拠を押さえようとしたんじゃないか」

「ですが、その計画は荒垣に察知されそうになったんでしょう。それだから、立花順は実行犯を見つけて……」

「殺《や》らせた疑いはありそうだな」

「力丸《リキ》さん、三〇六号室に上がって横溝を締め上げてみましょうよ。イベント・プロデューサーと称してるようですが、それだけで喰えてるんですかね。ブロンド美人を彼女にしてるようだから、何かダーティーなことをやって儲《もう》けてるんだと思うな。叩けば埃《ほこり》が出そうですんで、口を割るでしょう」

「そうかもしれないが、部屋に白人女性がいるんだ。手荒に横溝を追い込んだら、彼女が一一〇番しそうだな」

「そうなったら、捜査が遅れそうですね。もう少し様子を見るべきでしょうか」

「そのほうがいいだろう」

「わかりました」

尾崎がうなずき、背凭《せもた》れに上体を預けた。

ちょうどそのとき、『原宿エルコート』の専用駐車場からドルフィンカラーのＢＭＷが走り出てきた。ステアリングを捌《さば》いているのは横溝だった。同乗者はいない。

「ＢＭＷを追尾《ついび》するぞ」

力丸はドイツ車が遠ざかってから、エルグランドを発進させた。

ＢＭＷは青山《あおやま》通りに出ると、そのまま玉川《たまがわ》通りに入った。しばらく道なりに進み、東名高速道路の下り線に乗り入れた。

「遠出するようですね。横溝は出身地の大阪まで車を走らせるつもりなのかな。力丸さん、どう思います？」

「行き先に見当はつかないが、自分が手がけたイベント会場の様子を見に行くのかもしれないぞ。それとも、ダーティー・ビジネスに関することで出かけなきゃならなくなったのか。ただのドライブなら、金髪美女を助手席に乗せてるだろう」

「そうでしょうね。手っ取り早く荒稼ぎするには、薬物の密売だろうな。だいぶ前から合成麻薬、コカイン、大麻なんかがネットで密かに売買されてて、素人《しろうと》がドラッグビジネスで甘い汁を吸うようになりました。運悪く裏社会の人間に危《ヤバ》い仕事をしてることを知られても、横溝の母方の叔父は浪友会の幹部なんです。いちゃもんをつけてきた組織とうまく話《ナシ》をつけてもらえるでしょう」

尾崎が言った。

「そうかもしれないが、麻薬ビジネスで逮捕されたら、罪は重いぜ。それから、密売人がドラッグの魔力に取り憑《つ》かれる恐れもあるじゃないか」

「ええ、確かにね。ちょっと頭《ペテン》が働く奴なら、リスキーなドラッグビジネスには手を染めないでしょう。ですが、危険ドラッグの密造は割に刑が軽い。中国から簡単に化学薬品や乾燥植物片を入手できるんで、横溝はどこか山の中に危険ドラッグ密造工場をこしらえたのかもしれませんよ」

「ほかに考えられるダーティー・ビジネスは？」

「七、八年前から、インドネシアやベトナムからの研修生らがもっと賃金の高い職を求めて研修先の工場や水産加工場から脱走してますでしょ？」

「そうみたいだな」

「そういった連中を一時どこかに匿《かくま》ってやって、新しい職に就かせてやり、雇い主から六、七十万円の謝礼を貰ってる不法人材派遣会社があるんですよ。しかし、その手のダーティー・ビジネスは手間がかかります。ですんで、荒稼ぎしたいと考えてる者は食指を動かさないでしょう。不法入国した東南アジア出身の若い女たちを地方の売春バーに売っても、たいして儲からなくなりました」

「だろうな。以前、不法滞在の外国人の内臓を抉《えぐ》り取って闇の移植手術に提供してた事件があったが、中国人死刑囚の腎臓や肝臓が安く手に入るようになってからは買い取ってくれる闇病院が少なくなったはずだ」

「フィリピン、インド、パキスタンでも内臓の一部を売る者がだいぶ少なくなったようですよ」

「そうなのか」

「密造銃を売っても、かつてのように大きく儲けることは難しいでしょうね。3Dプリンターで拳銃を密造できる時代になりましたから。横溝は法に触れるイベントを催《もよお》して稼いでるのか、ブラジルやタイでは秘密殺人試合をプロモートしてる興行師がいるらしいんですよ」

「金持ちにガチのデス・マッチを観《み》せて、高い金を取ってるんだろうな」

力丸は言った。

「そういう話でしたね。殺人試合を強《し》いられてるのは路上生活者、街娼《がいしょう》、家出少年少女たちみたいですよ。そういう者たちはおいしい話に引っかかって、死のリングに立たされてるそうです」

「相手と死にもの狂いで闘わなければ、自分が殺されることになりかねない。だから、ファイトするほかないわけだ。悪徳プロモーターどもは、人間の仮面を被《かぶ》った獣だな。ぶっ殺してやりたいよ、そいつらをさ」

「自分も同じ気持ちです。横溝がどんなダーティー・ビジネスをやってるかわかりませんが、真《ま》っ当《とう》な稼ぎ方はしてないと思います」

「ただ、まだ証拠を押さえたわけじゃない。さっきからの遣《や》り取《と》りはオフレコにしておこう」

「わかりました。自分、せっかち過ぎるでしょうか。時間切れになって、捜一に主導権を握られたくないんですよ。おっと、いけない。こんなことを捜一に所属してる力丸さんに言うべきではありませんでした。聞き流してください」

「別にどうってことないよ。いまは組対部分室で働かせてもらってるんだから、江角部長や有村理事官の気持ちをできるだけ汲みとろうと思ってるよ」

「器《うつわ》がでっかいんですね」

「おれはセクショナリズムに拘るような仕事はしたくないんだ。もっと言えば、暴力団絡みの殺人事件の捜査は落着するまで組対部に任せるべきだろうな。犯人の割り出しに手間取ってるからって、刑事部長が焦《じ》れて捜一との合同捜査を早めることはない。組対部にもプライドがあることを刑事部長はよく知ってるはずだよ」

「でしょうね」

尾崎が嬉しそうに言って、口を閉じた。

力丸は運転に専念した。いつの間にかBMWは東名川崎ＩＣ《かわさきインターチエンジ》を通過して、ひた走りに走っていた。

力丸は一定の車間距離を保ちながら、追尾しつづけた。同じレーンを走行しつづけていると、横溝に怪しまれかねない。左右のレーンを使い分けながら、尾行を続行する。

やがて、BMWは大井松田《おおいまつだ》ICで一般道に下りた。ハイウェイに沿う形で走り、山北町《やまきたまち》の真ん中あたりで右折した。

神奈川県足柄上郡《あしがらかみぐん》だ。車は家並《やなみ》を突っ切り、林道をたどりはじめた。行く手の向こうには、標高八百メートルほどの高松山《たかまつやま》がある。

「まさか横溝は尾行されてることに気がついて、自分らに罠《わな》を仕掛ける気になったんじゃないでしょうね」

尾崎が小声で言った。

「そうだったとしたら、横溝は人里離れた場所におれたちを誘い込んで正体を突きとめる気なんだろう。もしかしたら、そこに物騒《ぶっそう》な物を持ってる仲間が待ち伏せてるのかもしれないな」

「なら、ひと暴れしましょうよ」

「数々の武勇伝に彩《いろど》られた尾崎《ザキ》を楯《たて》にさせてもらうかな。おれは知力で勝負してる男だからさ」

「本気で言ってるんですか!?　だとしたら、ちょっとがっかりだな。班長は、体も張れる方だと思ってましたから」

「おい、真に受けたのか。冗談だよ。極真空手の有段者みたいに複数の敵を一瞬のうちに倒すことはできないが、年下の相棒を弾除《たまよ》けになんかしない」

力丸は笑って、車を林道の端に寄せて停めた。ヘッドライトを消し、エンジンも切る。

「ここから、駆け足でＢＭＷを追うんですね」

尾崎が言った。

「そんな体力はないよ。横溝が尾行に気がついてたとしたら、いったん追うのを中断したほうがいいだろう」

「ＢＭＷは同じ速度で走行してますので、尾《つ》けられてることには気づいてないんじゃないですか」

「そうみたいだな。スモールライトだけを点けて、また慎重に追尾するよ」

力丸はエンジンを唸らせ、手早くスモールライトを灯《とも》した。視界があまり利かない。ゆっくりとエルグランドを走らせはじめ、ふたたび横溝の車を追う。
五、六分後、ＢＭＷは林道の右手にあるペンションのような建物がある広い敷地の中に吸い込まれた。
力丸は少し減速し、ペンション風の建物の出入口の三十メートルほど手前にエルグランドを停止させた。ライトを消す。

「そっちは車の中で待っててくれ。おれはちょっと偵察に行ってくる」

「自分に行かせてください。こんな体格《ガタイ》ですが、フットワークは軽いんですよ。見張り《シキテン》が出入口のそばに立ってても、素早く繁みに隠れることはできると思います」

「シグＰ230Ｊの弾倉《マガジン》は、ちゃんと点検済みだな」

「はい。フル装弾して、初弾を薬室《チャンバー》に送り込んであります。セーフティー・ロックを外せば、いつでも引き金《トリガー》は絞れます」

「撃たれそうになったら、かまわずに先に発砲しろ。いいな」

「そのつもりです。では、偵察に行ってきます」

尾崎が助手席を出て、巨体を屈《かが》めて忍者のように走りだした。身ごなしは軽やかだった。

力丸は相棒の姿を透《す》かして見ながら、エンジンを切った。

静寂に包まれる。星は瞬《またた》いていない。月も浮かんでいなかった。

3

十数分後だった。

尾崎が前方から駆けてくる。吐く息がうっすらと白い。春になったが、高地の夜は冷え込む。

「ご苦労さん！」

力丸は、助手席に坐った尾崎に声をかけた。

「広い車寄せには、十数台の高級車が駐《と》めてありました。ベンツ、ポルシェ、マセラティ、ジャガーと外車が多く、国産車はセンチュリーとレクサスだけでした」

「横溝は富裕層を客にして、何か特殊なイベントを催してるんじゃないのかな」

「おそらく二階建ての大きな家屋《かおく》の中では、いかがわしいことが行なわれてるんでしょう。客の車と思われる高級車のナンバープレートは、すべて袋で隠されていました。横溝のBMWのナンバープレートはそのままでしたけどね」

「横溝は金持ち相手の違法カジノで荒稼ぎしてるんだろうか。いや、そうじゃなさそうだな。わざわざ山の中に違法カジノを開くとは思えない」

「ええ、そうでしょうね。横溝は金を持ってる連中に殺人遊戯をさせて、数百万円の金を取ってるんじゃないんですか。富を得た奴らはクルーザーやヘリコプターを所有して、スケールのでかい遊びを愉《たの》しんでます」

「そうだな」

「平凡な市民は羨ましく思えるでしょうが、そういう遊びにも飽きてしまうんじゃないのかな。そうなったら、タブーとされてることをやって暗い愉悦《ゆえつ》を味わいたいと考える金持ちも出てくるでしょう」

「人殺しは法的にも倫理的にも、最大のタブーとされてる。しかし、そのタブーを破ってみたいと歪《ゆが》んだ考えを持つ奴もいるだろうな。数こそ少ないだろうがさ」

「不法滞在の外国人やホームレスを殺人ゲームの餌食《えじき》にしても、事件は発覚しにくいんじやないですか」

尾崎が言った。

「殺人遊戯をビジネスにする人間がいるだろうか」

「金の亡者たちは冷血そのものです。自分が利することを最優先に考え、他人の感情や命を大事にする気持ちなんてないんでしょう。そういう奴がこの世に何万人もいるとは思えませんが、絶対に存在するはずです」

「あくまでも少数だろうがな」

「ええ。たんまり金を持ってる奴らは、殺人のゲーム代として五百万、いや、一千万ぐらい払っても惜しくないと思うんじゃないですか。金銭感覚が自分ら庶民とは違うはずですので」

「だろうな」

「成功者たちが殺人遊戯に耽《ふけ》ってたら、そのことが恐喝材料になります。横溝は客から高額のゲーム代を貰った上、巨額の口止め料をせしめてるとは考えられませんか。麻薬密売なんかより手っ取り早く汚れた金を得られますでしょ？」

「そうだが、横溝がそこまでやれるかな。おれは別のことで稼いでる気がするね」

「そうですか」

「ところで、出入口の門扉《もんぴ》は閉ざされてたんだろう？」

「ええ。ですが、門のあたりに防犯カメラは一台も設置されていませんでした。監視カメラを取り付けたら、怪しまれるでしょうから、わざと設置しなかったんでしょうね」

「その代わり、防犯センサーが張り巡らされてるにちがいない」

「自分もそう思ったんで、門の向こうに小石や小枝も投げ込んでみたんですよ。でも、アラームは鳴りませんでした」

「そうか。石塀《いしべい》で囲まれてるが、上部に忍び返しはなかったな」

「ええ、鉄条網も張り巡らされていませんでした。力丸《リキ》さん、石塀を乗り越えて敷地内に侵入してみませんか」

「その前に暗視カメラを搭載した無人小型飛行機《ドローン》を飛ばしてくれないか」

力丸は指示した。

尾崎がいったん助手席から出て、後部座席からドローンとコントローラーを取り出した。力丸はそれを見届けてから、エルグランドを枝道《えだみち》に隠した。

尾崎が林道を歩き、怪しい建物の手前でドローンを舞い上がらせた。力丸は車を降り、相棒に近づいた。

ドローンは、ペンション風の建物の上空をゆっくりと旋回《せんかい》している。闇が濃く、機影はほとんど見えない。

尾崎はドローンから送信されてくる映像を観ながら、コントローラーを操作していた。

「どの窓も雨戸か厚手のカーテンで閉ざされてて、室内の様子はわからないな」

「そうですね。ほぼ全室に電灯が点いてますから、各室で何かが行なわれてるんだと思いますよ」

「そう考えてもいいだろう。ドローンのモーター音は小さいが、長く飛ばしておくと、気《け》取《ど》られそうだな」

「そろそろドローンを回収しましょうか？」

「ああ、そうしてくれ」

力丸は答えた。尾崎がドローンを引き戻させる。

コンビは車に戻り、それぞれ逆鉤《ぎゃくかぎ》付きのロープを手に取った。ユニバーサル・フックだ。それを塀や鉄柵に引っかけ、垂れた太いロープを摑んで壁面をよじ登るわけだ。体重百二十キロまで耐えられる造りになっていた。

先に石塀を乗り越えたのは力丸だった。苦もなかった。逆鉤の付いたロープを手繰《たぐ》り、腰に巻く。数十秒後、相棒が敷地内に着地した。

力丸は無言で自分の腰を指さした。尾崎が顎《あご》を引き、ユニバーサル・フック付きのロープを胴に巻きつけた。

二人とも小型懐中電灯を持っていたが、すぐには使わなかった。手探りで歩き、二階建ての建物に接近する。

力丸たちはアメリカ杉の外壁に寄り、おのおの高性能マイク付きの盗聴器を取り出した。俗に〝コンクリート・マイク〟と呼ばれている集音マイクは、厚さ五メートルのコンクリートの向こうの物音や人の声を正確に拾う。

力丸は受信器に接続されたイヤフォンを耳に嵌《は》め、盗聴マイクを外壁に押し当てた。尾崎も同じようにして、少しずつ横に移動しはじめた。

少し経つと、力丸の耳に鞭《むち》の音が届いた。

数秒後、女の呻き声がした。痛みを訴えたが、どこか余裕のある声だった。室内ではSMプレイが行なわれているようだ。

「亀甲《きっこう》縛りにしたから、大事なとこが丸見えだな」

男がパートナーに言った。声から察すると、初老だろうか。

「恥ずかしいわ」

「だったら、お股を隠せよ」

「そうしたいけど、体の自由が利かないんで……」

「はっきり答えないと、嬲《なぶ》ってやらないぞ」

「それは困ります」

女が恥ずかしそうに言った。

「やっぱり、いじめられないと、おまえは燃えないんだな」

「は、はい」

「鞭打ちだけじゃ物足りないんだったら、鮫皮《さめがわ》で柔肌《やわはだ》を思いっ切り擦《こす》ってやるか。それとも千枚通しか、竹べらの先で全身をつつかれたいかな」

「好きにしてください。それで、仕上げに溶けたろうそくの雫《しずく》をいっぱい垂らしてほしいの」

「変態だな、おまえは。ノーマルなセックスが嫌いだなんて、性癖が歪んでる」

「お客さまだって、ドSではありませんか」

「マゾ女が偉そうなことを言いおって。もう勘弁できないっ」

男が逆上し、鞭を振るいだした。打たれるたびに、相手の女は甘やかな声を洩らす。官能を煽《あお》られたにちがいない。

力丸は肩を竦《すく》めた。どうやら横溝は金持ち向けの秘密ＳＭクラブを経営して、荒稼ぎしているようだ。

力丸は隣室に移って、高性能マイクを壁に当てた。室内にいるのは、一組のカップルだけではなかった。四人の男女がパートナーを代えながら、性行為に及んでいる様子だ。

「チャーリーの効き目が薄れてきたわ。余った分があったら、わたしに回してくれないかしら？」

女が喘《あえ》ぎながら、誰かに声をかけた。さほど若い声ではない。スワップに励んでいる女は三十代の後半と思われる。あるいは、四十代なのか。

チャーリーというのは、コカインの隠語だ。俳優のチャーリー・シーンがコカイン常習者だったことから、都内のクラブで夜通し踊っている若者たちが使いはじめた隠語である。ほかに〝鼻ちゃん〟という隠語もあるようだ。

二十数年前はコカインに溺《おぼ》れる者が少なくなかった。だが、その後に各種の合成麻薬が安く出回るようになると、需要は減った。

コカインは覚醒剤と違って、割に断ちやすい。幻覚が少ないこともあって、一部の者には好まれている。丸一日経てば、陽性反応も出にくい。

横溝は単なる秘密ＳＭクラブを経営しているだけではなく、スワップや乱交プレイも商売にしているのではないか。

権力や富を得た者たちはストレスを溜め込みやすい。そのせいで性的に歪《いびつ》になってしまうのだろうか。横溝はいい裏ビジネスを思いついたようだが、変態クラブの犠牲者もいるにちがいない。野放しにしておくわけにはいかないだろう。

力丸は思いを強くした。

そのとき、尾崎が忍び足で近寄ってきた。

「ここは変態クラブですね。自分が盗聴した部屋では3Pが行なわれていました。男の相手をしてるのは、元AV女優たちみたいでした。その隣ではコスプレ姿の女を相手に疑似《ぎじ》レイプをやってました。合意の性行為でしょうが、ゲストの男たちはまともじゃありませんよ」

「おれが〝コンクリート・マイク〟を当てたふた部屋でも、SMプレイとスワップが繰り広げられてた。スワップに興《きょう》じてる男女はコカインの粉を鼻から吸い込んでから、行為をおっぱじめたようだ。横溝は一階のどこかの部屋にいるんだろうか。左右に回り込んで、一室ずつ検《しら》べてみよう」

力丸は相棒に言って、建物の左側に回り込んだ。

尾崎は右手からチェックしはじめた。力丸は各室の壁や雨戸に盗聴マイクを当て、聞き耳を立てた。だが、どの部屋も静まり返っている。

家屋の真裏に回り込むと、尾崎が近づいてきた。

「一階には横溝はいないようでした」

「こっちも同じだよ。キッチンのごみ出しドアから侵入して、二階に上がってみよう」

力丸は小声で言った。

尾崎が心得顔で上着の内ポケットからピッキング道具を抓《つま》み出した。それで、キッチンのドア・ロックを外す。

力丸は先にキッチンに侵入した。

土足のままだった。違法行為だが、やむを得ないと考えている。合法捜査が望ましいが、時には反則技も使う必要があった。

相棒も家屋の中に入った。やはり、履物《はきもの》は脱がなかった。コンビはキッチンを抜けて、階段の昇降口に急いだ。

足音を殺しながら、二階に上がる。右手に八室が並び、左手には洗面所とトイレがあった。横溝はどこにいるのか。

力丸は端の部屋のドアに耳を寄せた。

無人のようだ。二番目のドアに耳を近づけていた尾崎が大きくうなずいた。室内に誰かがいるという意味だろう。

尾崎がノブに手を伸ばした。

そのとき、いきなりドアが開けられた。現われたのはレスラーのような大男だった。尾崎よりも上背があり、胸板が厚い。

「誰なんでえ、てめえ！」

「警察だ」

「フカシこくんじゃねえ」

「警察手帳を見せてやろう」

尾崎が懐を探った。

次の瞬間、巨漢が両腕を高く掲げて尾崎の首に両手を掛ける動きを見せた。すかさず尾崎は相手の顎を裏拳で突き上げ、前蹴りを放った。

巨体の男は二度呻き、前屈みになった。それでも、倒れなかった。唸りながら、尾崎に組みつく。

尾崎が体のバランスを崩した。力丸は巨漢の側頭部に右フックを叩き込んだ。男が一瞬、棒立ちになった。

尾崎が抜け目なく相手を大腰《おおごし》で廊下に投げ飛ばし、脇腹に蹴りを入れた。動きに無駄《ロス》はなかった。大男が体を丸める。

「こいつは自分に任せてください」

尾崎が言って、大男を片方の膝頭で押さえつけた。相手はもがいたが、じきに抗《あらが》わなくなった。

力丸は三番目のドアを開けた。照明は点《つ》いていたが、人の姿はなかった。

四番目の部屋を覗くと、奥から五分刈りの男が出てきた。三十五、六歳だろう。段平《だんぴら》を手にしている。鍔《つば》のない日本刀だ。

「てめえら、何者なんでえ」

「警視庁の者だ。横溝はどの部屋にいる？」

「教えねえよ」

「それじゃ、銃刀法違反で手錠《ワッパ》打つことになるぞ」

力丸は告げた。

「やれるものなら、やってみろ！」

「強がるなって」

「うるせえや」

相手が芝居がかった所作《しょさ》で白鞘《しらさや》を横に払い落とし、段平を右中段に構えた。

力丸は振り出し式の特殊警棒を引き抜いた。三段に伸びた特殊警棒を握り直したとき、相手が刀身を斜めに振り下ろした。

刃風は高かったが、切っ先は二十センチも離れていた。威嚇《いかく》の一閃《いっせん》だったのだろう。

「こっちは丸腰じゃないんだ。段平を足許《あしもと》に落とさないと、拳銃を使うことになるぞ」

「上等じゃねえか。撃ってみろや」

「そんな粋《いき》がり方をしてるんじゃ、まだチンピラだな」

力丸は口の端をたわめた。

五分刈りの男が気色《けしき》ばみ、引き戻した刀身を大上段に構えた。すぐに踏み込んできて、段平を振り下ろす。

力丸は横に跳び、特殊警棒で刀身を強く叩いた。

火花が散る。段平は廊下に落ちた。五分刈りの男がうろたえた。力丸は特殊警棒の先端で、相手の喉笛のあたりを突いた。

相手が喉を軋《きし》ませ、尻餅《しりもち》をついた。

力丸はステップインして、五分刈りの男の胸板を蹴りつけた。相手が仰向けに引っ繰《く》り返った。力丸は特殊警棒を縮め、腰に戻した。五分刈りの男の上体を引き起こし、両手で頬をきつく押さえる。

「く、苦しいじゃねえか」

「こっちの質問に素直に答えないと、顎の関節を外すぞ」

「お巡りがそんなことをやってもいいのかよっ」

「よかないだろうな。しかし、おれは反則技をよく使ってる」

「くそっ」

「大男とおまえは、横溝に雇われて変態クラブの用心棒を務めてるんだな?」

「…………」

相手は無言だった。

力丸は不敵な笑みを浮かべて、両手の指先に力を込めた。相手が動物じみた唸り声をあげ、白目を晒《さら》した。

「もう少し粘れるかな」

「やめろ! やめてくれーっ。そうだよ。元レスラーの清水《しみず》とおれは裏便利屋みたいなことをやってんだ。横溝さんにこの秘密クラブの管理と辞めた会員たちから違約金というか、口止め料をせしめてくれって頼まれたんだよ」

「この変態クラブの会員たちは、社会的に成功した連中なんだろう?」

「半数以上がベンチャービジネスでのし上がった連中だよ。ほかは弁護士、公認会計士、医者、老舗《しにせ》商店の二代目や三代目だな。コカインやセックス好きの女社長もスワップをやってる」

「おまえの名前を聞いておくか」

「石戸《いしど》、石戸昌也《まさや》だよ。清水の下の名は剛《つよし》だったかな。おれたちはネットカフェの常連だったんだ。それでさ、裏便利屋みたいなことをやりはじめたんだよ。おいしい話はめったになかったたな。でも、横溝さんはおれたちに毎月百五十万ずつ払ってくれてる。それから、変態プレイの相手をしてる元AV女優も自由に抱かせてもらってるんだ。その女たちやマゾ女は、横溝さん自身が集めてきたんだよ」

「そうか。横溝は、どこにいる？」

「端っこの角部屋で何かやってるよ。クラブを脱けた会員たちの個人情報に目を通してるんじゃないのか。おれたち二人は、そいつらから口止め料をいただいてるんだ。どの部屋にもCCDカメラが仕掛けてあるんで、どんな変態プレイもばっちり映ってる」

「そうか」

「協力したんだから、おれのことは見逃してくれるよな？」

石戸が探るような目を向けてきた。

力丸はにっと笑って、石戸の顎の関節を外した。石戸は両手で顔面を押さえながら、転げ回りはじめた。口からは涎《よだれ》が垂れている。

「その大男の両肩の関節を外して、この二人を見張っててくれ」

力丸は相棒に命じた。

「わかりました。やっぱり、ここは変態クラブみたいですね。こいつら二人は横溝に雇われて、クラブの管理をやってたんでしょ？」

「そうらしい。横溝は奥の角部屋にいるそうだ。おれは、これから横溝を追及してみる。おまえはしっかり二人を見張っててくれないか」

「了解です」

尾崎が応じて、瞬《また》く間に巨漢の両肩の関節を外した。大男は体を左右に振って、くぐもった悲鳴を放ちはじめた。

力丸は薄く笑い、勢いよく立ち上がった。急ぎ足で歩き、角部屋のドアを荒っぽく開ける。ソファにだらしなく坐っていた横溝が反射的に腰を浮かせた。

「な、何!?」

「警視庁の者だ」

力丸は警察手帳を短く見せ、すぐに懐に戻した。

「別に疚《やま》しいことはやってませんよ」

「もう観念しろ。おまえが富裕層を客にして変態クラブを運営して、会員たちから高額の入会金やプレイ代を取ってることは調べ済みなんだ」

「えっ⁉」

「それだけじゃない。おまえは清水と石戸を使って、脱退したメンバーからも口止め料を脅し取ってるな」

「廊下で清水と石戸がふざけて騒いでるんだと思ってたが、警察に踏み込まれてたのか」

「変態クラブ絡みの恐喝は、神奈川県警に捜査を委《ゆだ》ねる」

「どういうことなんだ⁉　話がよく呑み込めないな」

横溝が小首を傾《かし》げた。

「いま説明してやる。今朝、新宿区内の廃ビルで『共進エンタープライゼス』という企業舎弟の代表取締役だった荒垣卓郎の切断死体が見つかった」

「そういえば、そんな事件があったな」

「経済やくざの荒垣は三月六日の夜に何者かに拉致されて拷問を受けた後、絞殺されたんだ。それから、首と両腕を切り落とされた」

「そう。詳しいことは知らないんだ、ニュースはネットでざっと見てるだけだから」

「そうか。関東共進会の理事のひとりだった荒垣は、大阪の浪友会とトラブったことがある。おまえの母方の叔父の立花順は、浪友会直営の『スマイリーファイナンス』の社長を務めてるんだよな？」

「そうだけど……」

「おまえの叔父は一年ほど前に東京に営業所を新設したんだが、裏でヤミ金融であこぎに儲けてた。荒垣は関西の勢力に喰われたくなかったのか、浪友会の東京進出の妨害をして撤退させた。それだけじゃなく、荒垣は投資詐欺をやってるといちゃもんをつけてきた浪友会と揉めてもいた」

「いったい何が言いたいんですかっ」

「荒垣は、元レースクイーンの長岡未樹を愛人にしてた。おまえはブロンドの白人美女と親しくつき合ってるのに、未樹を口説いてパトロンから寝盗った」

「モデルのナンシーと半同棲してることまで知ってるのか!? 驚いたな。まいった、まいった！」

「おまえは叔父の立花に頼まれて未樹に接近し、『共進エンタープライゼス』の弱みを探り出す気だったんじゃないのか？」

力丸は喋りながら、ショルダーホルスターからシグP230Jを引き抜いた。横溝が目を剝《む》いて後ずさった。

「な、なんのつもりなんです!?」

「おれは気が短い。こっちの質問に正直に答えないと、このハンドガンが暴発したってことにして……」

「撃つ気なのか!?　おたくはクレイジーだ」

「どうなんだっ」

「叔父から荒垣社長の愛人をナンパして、なんとか『共進エンタープライゼス』の致命的な弱みを聞き出してくれと頼まれたことは認めるよ。でも、スパイには徹し切れなかったんだ。二年数カ月つき合ったナンシーとは結婚してもいいと思ってたんだけど、アメリカ娘はドライすぎてね。その点、未樹はちゃんと男を立ててくれるし、常に優しく接してくれる。だから、いつしか心は未樹のほうに移ってたんだ」

「スパイを演じきれなくて、叔父の役には立たなかったのか」

「そうなんだよ。叔父はがっかりしたようだけど、怒ったりしなかった。別の方法で荒垣を窮地に追い込んで、必ず仕返しをすると言ってた」

「立花順は荒垣の致命的な弱みを摑めなかったんで、手下たちに『共進エンタープライゼス』の社長を始末させたのかな。それとも、おまえの叔父が自分の手で荒垣を結束バンドで絞め殺したのか。それで、首と両腕を切断したのかっ」

「叔父は根っからの外道だが、人殺しなんかできるとは思えない。誰かが浪友会関係者の犯行と見せかけたんじゃないのかな」

「その可能性は全面的には否定できないが、立花順も疑わしい。ちょっと調べてみよう。これから神奈川県警に事件通報するから、ソファに腰かけておとなしくしてろ」

力丸は拳銃をホルスターに仕舞い、上着の内ポケットから刑事用携帯電話《ポリスモード》を取りだした。

4

選んだのはカローラだった。

車体の色はオフホワイトだ。目立つ車ではない。張り込みや尾行には最適だろう。

力丸は運転免許証を呈示して、レンタカーを借りる手続きを済ませた。新大阪駅の近くにある大手レンタカー会社の営業所だ。

横溝たちを神奈川県警の捜査員たちに引き渡した翌日の午前十一時過ぎである。力丸たちコンビは朝早く東京駅で新幹線に乗り込んで、大阪にやってきたのだ。

力丸は営業所の従業員からカローラの鍵を受け取り、広い駐車場に移動した。

「自分が運転します。こっちには五、六回来てますんで、幹線道路はわかっています」

尾崎が歩きながら、話しかけてきた。

「おれも大阪は初めてじゃないが、そっちに運転してもらおうか」

「はい」

「それじゃ、頼む」

力丸は車のキーを相棒に渡した。

尾崎が借りたカローラに走り寄って、先に車内に入った。少し遅れて、力丸も助手席に坐った。尾崎がエンジンを始動させてから、皮肉めかして言った。

「警視庁《うち》と神奈川県警は昔から張り合ってきたんですが、昨夜《ゆうべ》はどの警察官《サツカン》も終始にこやかでしたね」

「手柄を譲ったからだろう」

「ちょっともったいなかった気もしますね。ですが、自分らは荒垣の事件を担当してるんで、変態クラブのことをじっくり調べてる時間はありませんからね」

「そうだな」

「それにしても、秘密クラブの会員が千人近くいたとは驚きです。六百万円の入会金のほかに一回のプレイ代が三十万円と知って、なんだか腹立たしくなってきました。平凡な勤め人の想像を超える遊び代でしょう？」

「富を得た連中にとっては、どうってことのない出費なんだろう。起業家、弁護士、公認会計士、医者のほかに各界の名士《セレブ》が混じってたんで世も末だなと感じたよ」

「大学教授や著名な社会評論家もメンバーになってました。クラブを辞めた七十数人は淫《みだ》らな映像を恐喝材料にされて、五百万から三千万円の口止め料を払わされていましたね。五億円前後の汚れた金を得たのは清水たち二人ですが、主犯は横溝亮です。五億円前後の汚れた金を得たんでしょうが、もう横溝の人生は終わったようなもんですね」

「そうだな。会員たちの私生活の乱れを週刊誌が書きたてるだろうから、成功者たちのイメージもダウンするはずだ。自業自得《じごうじとく》だな。おれは、恐喝の被害者を含めて変態クラブで娯《たの》しんだメンバーには同情しないよ」

「自分も同じです。それはそうと、『スマイリーファイナンス』の本社に向かえばいいんですね？」

「ああ、そうだ」

力丸は答えた。尾崎がレンタカーを走らせはじめた。

カローラは新御堂筋《しんみどうすじ》を進んで、新淀川大橋《しんよどがわおおはし》を渡った。そのまま走り、茶屋町《ちゃやまち》を抜けて阪神大阪梅田駅前に出た。

『スマイリーファイナンス』の本社ビルを探し当てたのは、およそ二十五分後だった。間口はそれほど広くないが、六階建ての自社ビルだ。

尾崎は車を本社ビルの斜め前の路肩に寄せた。東京を出発する前に本庁組対部から、立花社長の顔写真と個人情報を取り寄せてあった。

　横溝の母方の叔父の自宅は、阿倍野《あべの》区北畠《きたばたけ》二丁目にある。浪友会の本部事務所は道頓《どうとん》堀《ぼり》一丁目にあるはずだ。

「対象者《マルタイ》が社内にいるかどうか確かめてみよう」

　力丸は私物のスマートフォンをウールジャケットの内ポケットから掴み出し、『スマイリーファイナンス』の代表電話番号を鳴らした。

　ツーコールで電話オペレーターが出た。力丸は地方銀行の支店長に成りすまして、立花社長が在社しているかどうか問い合わせた。まだ出社していなかった。

　力丸は立花の自宅に電話をかけ直した。受話器を取ったのは、立花夫人だった。

「主人はきのう東京に出かけて、家にはおりません。きょうの夕方にはこっちに戻る予定になってるんやけど、泊まったホテルはわかりません」

「午後四時に立花さんと会社でお目にかかることになっているんですが、一時間ほど遅れそうなんですよ。それで、社長のスマホに電話してみたんです。ですけど、電源が切られていました。そんなわけで、会社とご自宅に問い合わせをさせてもらった次第です」

「そうやの。あなた、標準語やん」

「先月、東京の渋谷支店から梅田支店に異動になりました」

力丸は言い繕《つくろ》った。

「そうやったの。きょうは定例の理事会がある日やから、暗《くろ》うならないうちに大阪に戻ると思うけどね」

「理事会というのは、浪友会の……」

「そうや。あっ、まずいことを言うてしもうた。聞き流してくれへんか」

立花の妻が慌《あわ》てて電話を切った。力丸はスマートフォンを懐に収めた。

「立花は会社にも自宅にもいないようですね」

尾崎が言った。

「かみさんの話によると、立花はきのう東京に行ったらしい。きょうの夕方には大阪に戻る予定になってるらしいが、奥さんは旦那の宿泊先も聞いてないようだったよ」

「おそらく立花は愛人《レコ》のとこに泊まったんでしょう。大阪府警の中西さんは、立花には面倒を見てる女がいると言ってましたから。その彼女がどこの誰かまでは知らないようでしたけどね」

「浪友会の本部事務所に行って、若い極道に罠《わな》を仕掛けてみるか」

「力丸《リキ》さん、どんな手を使うんです？」

「おまえ、東京のヤー公に成りすまして、浪友会の前をうろついてくれ。殴り込み《カチコミ》と勘違いした若い衆が何人か血相変えて表に飛び出してくるだろう」

「自分は、そいつらを人気《ひとけ》のない場所に誘い込めばいいんですね？」

「そうだ。若い衆を少し痛めつければ、立花の愛人《レコ》について喋ってくれるだろう。違法行為を重ねることになるが、持ち時間が多くないからな」

「ええ、そうですね」

「浪友会の本部事務所に向かってくれ」

力丸は指示した。

尾崎がカローラを発進させる。レンタカーは心斎橋《しんさいばし》方面に走り、御堂筋《みどうすじ》をたどりつづけた。

難波《なんば》周辺はミナミと呼ばれる繁華街だ。東京でいえば、新宿のような盛り場である。キタと称される梅田界隈《かいわい》はオフィスビルやホテルが軒《のき》を連《つら》ね、丸の内と銀座をミックスしたような品のあるエリアだ。北新地《きたしんち》には高級クラブが多い。

レンタカーは道頓堀橋を越えると、じきに左折した。百メートルほど行くと、左手に茶色っぽい五階建てのビルがそびえていた。そこが浪友会本部事務所だった。

代紋や提灯《ちょうちん》の類《たぐい》は飾られていないが、三台も防犯カメラが設置されていた。一階の窓の半分は、分厚い鉄板で隠されている。弾除《たまよ》けだ。

それだけで、すぐに暴力団の組事務所とわかる。ビルの前には、これ見よがしにベンツとロールスロイスが縦列《じゅうれつ》に並んでいた。

尾崎は少し先の路上にレンタカーを停めて、手早くエンジンを切った。すぐ近くに人気ラーメン店があって、客が列をなしている。

コンビはカローラから出た。

「それじゃ、ちょっと挑発してきます」

尾崎が両手をチノクロスパンツのポケットに突っ込み、大股で歩きだした。肩をそびやかして歩く姿は、どう見ても筋者だ。

力丸は微苦笑して、物陰に身を潜めた。顔を半分だけ突き出し、相棒の動きを目で追う。

尾崎は浪友会本部事務所の前で立ち止まり、何か大声で喚《わめ》いた。数十秒経つと、茶色っぽい建物から二人の男が走り出てきた。

どちらも二十四、五歳だろう。ひとりは剃髪頭《スキンヘッド》で、両方の眉を剃り落としている。背丈はあったが、細身だった。もう片方は、ずんぐりとした体型だ。特攻服の上にボア付きの防寒コートを羽織《はお》っていた。短い髪はブロンドに染められている。

スキンヘッドの男が何か口走り、いきなり足を飛ばした。

尾崎はわずかに横に動いて、相手の顔面に正拳《せいけん》をぶち込んだ。スキンヘッドの男がよろけて吹っ飛ぶ。

頭髪を染めた男が叫んで、右腕を翻《ひるがえ》した。ロングフックは尾崎には届かなかった。尾崎が踏み込んで、相手の鳩尾《みぞおち》に拳を沈めた。ずんぐりとした男が体を折る。

尾崎は相手の膝頭を蹴った。

防寒コートが肩から滑り落ちる。相手が体をふらつかせた。

尾崎は二人の男を睨《ね》めつけると、駆け足で本部事務所を離れた。予想した通り、二人の男が猛然と尾崎を追いはじめた。

力丸は動かなかった。

尾崎が目の前を走り抜け、道頓堀川のある方に向かった。二人の男が怒号を放ちながら、尾崎を追っていく。

力丸は速足で三人を追いはじめた。相合橋《あいあうばし》を渡った尾崎は宗右衛門町《そうえもんちょう》の飲食街を走り抜け、裏通りにある建材置き場に逃げ込んだ。言うまでもなく、誘いだった。

スキンヘッドの男と特攻服の男が息を弾《はず》ませながら、建材置き場に入っていく。尾崎がゆっくりと振り返った。

力丸は建材置き場の出入口の近くで足を止めた。

「われ、どこの者《もん》や」

スキンヘッドの男が尾崎に向かって怒鳴った。

「おれは極道じゃない」

「堅気には見えへんぞ」

「かもしれないが、どの組にも入ってない」

「関西の人間やないな」

「ああ。『スマイリーファイナンス』の立花社長に直《じか》に会って確かめたいことがあるんだよ。オフィスにも家《ヤサ》にもいなかった」

「立花さんに会《お》うて何する気なんや！」

特攻服の男が口を挟んだ。

「その質問に答える義務はないだろう」

「なんやと!?　さっきは手加減したけど、ほんまに怒るで」

「弱っちいくせに、一丁前の口をきくな」

尾崎は挑発した。

ずんぐりとした体型の男が頭を下げ、闘牛のように尾崎に突進する。尾崎は躱《かわ》さなかった。腹筋を張って相手を受け止め、膝頭で顔面を蹴り上げる。一度ではなかった。二度だった。

特攻服を着た男がうずくまり、横倒しに転がった。口許は鼻血で染まっていた。

「おのれ、いてこましたる」

スキンヘッドの男が吼《ほ》えて、尾崎に組みつこうとした。

尾崎が中段回し蹴りを見舞う。相手は突風に煽《あお》られたような感じで宙を泳ぎ、積み上げられた建材の近くに倒れ込んだ。

力丸は建材置き場に足を踏み入れた。

尾崎が小さく笑って、二人の極道を堆《うずたか》く積み上げられた建材の陰に引きずり込んだ。

どちらも反撃する姿勢は見せなかった。

「おまえらは浪友会の若い衆だな」

力丸は二人の顔を交互に見た。先に応じたのはスキンヘッドの男だ。

「そうや。それがどないしたっちゅうねん」

「いつまでも虚勢を張ってると、こいつで撃《ハジ》いちまうぞ」

「拳銃《チャカ》持っとんのか!?」

「ああ」

力丸は上着の裾《すそ》をはぐって、ショルダーホルスターに収めたシグP230Jをちらりと見せた。

「そのハンドガンは、刑事《デコスケ》が持っとるやつやないけ。二人とも刑事なんやな」

「刑事がこんな荒っぽいことをやるかい？」

「ま、やらんやろうな。立花さんをどないする気なんや。おかしなことをせんのやったら、おるとこを教えたってもええわ」

「ちょっと確かめたいことがあるだけだ」

「ほんまやな」

「ああ」

「喋ったら、あかん！」

特攻服の男が、かたわらに坐り込んだ仲間を窘《たしな》めた。

「下手《へた》したら、わしらは撃たれるんやで」

「そんな威《おど》しや」

「甘いな」

尾崎がシグＰ230Ｊを引き抜き、銃口をずんぐりとした男の狭い額に突きつけた。

安全装置はまだ外されていない。それでも、二人の若い極道は怯《おび》え戦《おのの》いた。

「立花は昨夜《ゆうべ》から愛人のとこに泊まってるんじゃないのか？」

「撃たんと約束してくれたら、教えたる」

「余裕ぶっこいてるつもりだろうが、声が震えてるぞ」

「立花さんは彼女のとこにおるはずや。夕方の理事会には顔を出す思うけど、オフィスには行かんつもりやないか」

「その愛人の名と現住所は？」

力丸は相棒よりも先に口を開いた。

「牧村瑞穂《まきむらみずほ》という名やったな。キタの高級クラブでナンバーワン張ってたんやけど、二年前に立花さんが囲うようなってん。二十六やったと思うわ」

「自宅はどこにある？」

「西区北堀江《きたほりえ》一丁目の『心斎橋グランドハイツ』の数軒先の借家に住んどる。庭付きのええ家や」

「でたらめを言ったとわかったら、おまえら二人に九ミリ弾を喰らわせるぞ」

「嘘なんか言うてへん」

「そうかい。おれたちのことを兄貴分か立花に教えたら、二人とも殺《や》っちまうからなっ」

「誰にも言わんて。もう勘弁してや。頼むわ」

ずんぐりとした男が哀願し、拝む真似をした。スキンヘッドの男も両手を合わせる。

力丸たちは目配せし合って、建材置き場を出た。レンタカーを駐めてある場所に引き返し、西区北堀江をめざす。それほど遠くない場所だった。

数十分で、立花の愛人宅に着いた。五十坪ほどの敷地に和風住宅が建ち、内庭には庭木が植わっている。趣《おもむき》があった。

牧村宅の近くにカローラを駐め、コンビは無断で門扉を抜けた。二人はサングラスをかけ、両手に手袋を嵌《は》めた。尾崎がピッキング道具を手にした。力丸は壁になった。尾崎は一分足らずで玄関戸を開けた。

二人は土足で上がり込んだ。静まり返っていたが、人のいる気配は伝わってくる。

力丸は耳に神経を集めた。奥の浴室から小さな物音が響いてきた。どうやら立花は愛人と戯《たわむ》れているようだ。

力丸たち二人は奥まで歩き、脱衣所のドアをそっと開けた。男の息遣いと女の嬌声《きようせい》が浴室から聞こえる。湯の波立つ音もした。立花は湯船の中で、愛人と対面座位で交わっているようだ。

力丸はホルスターの拳銃を引き抜き、浴室のドアを大きく開けた。

予想した通りだった。立花は派手な顔立ちの二十六、七歳の女と向き合い、浴槽の中で交わっていた。

「愛人《レコ》の瑞穂さんとナニの最中だったか。野暮なことをしたが、勘弁してくれ。急いで確かめたいことがあったんでな」

「どこの誰や！」

立花が腰を引き、勢いよく立ち上がった。猛《たけ》ったペニスはまだ硬度を保っている。愛人が片腕で豊満な乳房を隠し、次いで股間の飾り毛を掌《てのひら》で覆《おお》った。

「湯の中に沈んでくれ。あんたの性器見たくないいんだよ」

「わかった。瑞穂、目を閉じてるんや」

立花がそう言い、湯の中に肩まで浸《つ》かる。愛人は言われた通りにした。恐怖でわなないている。

「単刀直入に訊くぞ。あんたは『共進エンタープライゼス』の荒垣社長に東京進出を邪魔されたんで、そのことを恨んでたな。それから、投資家の堀江繁之が出資した二億円の回収もうまくいかなかった。で、荒垣を手下に殺《や》らせる気になったんじゃないのかっ」

「東京進出を邪魔されたんで、荒垣を殺してやろう思ったこともある。けど、殺人《コロシ》は割に合わん。だから、考え直したんや」

「そんなにあっさりと憎悪が萎《しぼ》むかね。あんたは甥の横溝亮を荒垣の愛人の長岡未樹に接近させて、関東共進会や企業舎弟の致命的な弱みを引き出そうとした。そこまで、おれたちは知ってるんだ」

「そうさせたが、亮は何も収穫を得られなかったんや。せやさかい、仕返しは諦めるほかなかってん。ほんまに癪《しゃく》やったけど、切札がないんやから、どうしようもないやんけ」

「あんたが正直に答えたかどうか、体に訊いてみよう」

「それ、どういう意味やねん？」

「すぐにわかるさ」

力丸は安全装置を外し、シグＰ230Ｊの銃口を立花のこめかみに密着させた。引き金の遊びをぎりぎりまで絞る。

だが、立花は少しも怯えなかった。同じ姿勢を崩そうとしない。立花は荒垣の事件には絡んでいないのだろう。

力丸は確信を深め、銃口をゆっくりと下げた。

第三章　新たな疑惑

1

牧村宅を出る。

相棒の尾崎は明らかに落胆した様子だ。しかし、力丸は立花が荒垣殺しに絡んでいないという心証を得ていた。

半ば予想していたことだった。やはり、遺留品の幹部用金バッジは不自然だ。稚拙《ちせつ》な小細工だったと言えるのではないか。

コンビはレンタカーに歩み寄った。

「力丸《リキ》さん、大阪まで来たんですから、投資家の堀江繁之にも会ってみませんか」

「もちろん、そうするつもりだよ。堀江は地熱エネルギー開発に出資した二億円の返却交渉を浪友会に依頼したくせに、荒垣の弁明と開き直りを受け入れて、結局は投資金を引き揚げることはなかった」

力丸は言った。

「稲富専務はそう言ってましたね。堀江は浪友会の面子《メンツ》を潰《つぶ》した恰好《かっこう》になったんで、それ相応の詫び料を払ったんじゃないですか」

「そうなんだろうな。武闘派組織に恥をかかせたわけだから、まとまった額の詫び料を払ったにちがいない」

「でしょうね」

「堀江は何かスキャンダルの証拠を荒垣卓郎に握られて、言いなりになるほかなかったのかもしれないな」

「それ、考えられますね。堀江は女遊びに飽きて、美少年狩りでもしてたのかな」

「それは大きな弱みにはならないだろう」

「ま、そうでしょうね。六十二歳のおっさんが麻薬に溺れてるとは考えにくいな。堀江はちょっとした弾みで、誰かを殺したことがあるのか。そうだとしたら、致命的な弱みになります。殺害された荒垣はそのことをちらつかせて、堀江の二億円を返却しなかったんだろうか」

「有村理事官が集めてくれた初動捜査資料によると、堀江は帝塚山《てづかやま》四丁目に住んでるんじゃなかったか？」

「ええ、そうです。立花の家《ヤサ》の近くなんで、自分、よく憶《おぼ》えてるんですよ」

「そうか。堀江が在宅してるかどうかわからないが、とにかく自宅に行ってみよう」

「了解です」

尾崎がカローラの運転席に乗り込んだ。力丸は車を回り込んで、助手席に坐った。

レンタカーが走りだした。堀江の自宅に着いたのは数十分後だ。気後《きおく》れしそうな豪邸だった。敷地は四百坪ほどありそうだ。

尾崎がカローラを堀江宅の生垣に寄せた。

「堀江が自宅にいたら、真っ当な聞き込みをしよう。留守のようだったら、家の者に堀江の居る場所を教えてもらう。尾崎《ザキ》、そういう段取りだぞ」

力丸は相棒に言って、先に助手席から出た。

すぐに尾崎がレンタカーの運転席を離れる。

「親の代からの資産家とはいえ、堀江は立派な家に住んでますね」

「そうだな」

「貧富の差が開いて、日本の子供の七人にひとりが満足に三度の食事も摂《と》れないそうですよ」

「そうらしいな」

「アメリカのビル・ゲイツを筆頭にＩＴ系の富豪や投資家は、たいてい年に数百億円の寄附をしてるようです」

「アメリカの資産家は揃って兆単位の株、不動産、預金を有してる。キリスト教の影響で富を独占することはよくないと思ってるんだろうな。それに、寄附した分は税金が控除される」

「そうなんですが、日本の金持ちたちは積極的には福祉施設に寄附をしてないようですよね。根が欲深《よくぶか》で、貧乏人のことなんか気にもしてないんでしょう」

「ああ、多分な。それから、子孫に美田《びでん》を遺《のこ》してやりたいという気持ちが強いんだろう」

「そうなんでしょうが、世渡りの下手な人間が生活苦に喘《あえ》いでいることを知らないわけはないでしょう。親の所得が少ないと、子供は進学を断念せざるを得ません。世帯収入で教育の格差が生まれるなんておかしいですよ」

「おれもそう思う。税金を無駄に遣《つか》わないようにすれば、給付型の奨学金をもっと増やせるだろう」

「そうでしょうね。日本は借金国家なんですが、まだまだ税金の無駄遣いをしています。

議員数と公共事業を減らして、庶民の暮らしを安定させるべきですよ。正社員と派遣社員の給料格差が大きすぎますよね。医療政策や福祉面の支援もお粗末です」

「民自党《みんじとう》政権は昔から大企業を大事にして、経済面での発展を推《お》し進めてきた。一流企業の内部留保が五百数十兆円もあるのに、法人税を下げようとしてる。票集めと勘繰《かんぐ》られても仕方ない」

「ええ。経済効果が期待できるからということで二〇二一年に東京オリンピックを開催しましたが、自分、個人的には東北被災地の復興を急ぐべきだったと思ってました」

「こっちも同感だよ。政治家、官僚、財界人は経済大国でありつづけたいと願ってるだけで、困窮《こんきゅう》してる国民に本気で手を差し伸べようとは思ってないんじゃないかな」

「でしょうね。とにかく、この格差社会をなんとかしないと、まずいでしょ？」

「そうだな。つい青臭いことを言ったが、いまは職務に励もう」

力丸は大股で歩きだし、堀江邸の前に立った。

インターフォンを鳴らしかけると、庭で剪定《せんてい》をしている六十年配の男が振り向いた。堀江繁之だった。

「警視庁の者です。堀江さんですね？」

力丸は門扉越しに声をかけた。

堀江が無言でうなずいた。力丸たち二人は警察手帳を呈示し、苗字だけを教えた。

「わしに何の用や？」

堀江が盆栽の並んだ棚の上に剪定鋏《ばさみ》を置くと、門扉に歩み寄ってきた。たたずんでも、潜《くぐ》り戸の内錠も外そうとしない。

「扉越しの遣り取りは都合が悪いでしょうから、ちょっと庭先に入れてもらえませんかね」

「別に都合悪いことなどないで。わし、悪いことはなんもしてへんさかいにな」

「わかりました。ここで結構です。自分らは、荒垣卓郎さんの事件捜査に携わってるんですよ」

「さよか」

「あなたは『共進エンタープライゼス』に二億円預けて、地熱エネルギー開発ビジネスに投資しましたよね」

「そやったかな。あちこちの投資顧問会社のビジネスプランに出資してんねん」

「投資した事実はもう確認済みなんですよ。空とぼけても意味ありません」

力丸は堀江の顔を直視した。

「その話をしとうなかったんは、投資した二億円は節税で浮かせた金なんや。わしは節税思うとるけど、税務署は脱税と判断するかもしれへんな」

「投資の勧誘は『共進エンタープライゼス』の誰が？」

「荒垣社長や。わしんとこに電話してきて、地熱エネルギー開発ビジネスに出資すれば、高配当を得られると熱心にセールスしたんや。それで、わしは出資先に関する資料を送ってもろうたんや」

「検討して、投資することにしたんですね？」

「そうや。何回かはちゃんとリターンを指定口座に振り込んできたわ。せやけど、その後、配当金の支払いが滞《とどこお》るようになってん。もしかしたら、投資詐欺に引っかかったのかもしれへん思て、わし、出資先のことをよう調べてみたんや。そしたら、その会社は休眠会社やった。ついでに『共進エンタープライゼス』のことも調べてみたら、関東共進会の企業舎弟やった。びっくりしたわ」

「堅気のあなたは出資金の回収はできないと判断したんで、浪友会の力を借りる気になったんですね？」

「その通りや。ゴルフ場のクラブハウスで顔馴染《なじ》みになった浪友会の藤本睦男《ふじもとむつお》会長に相談したら、その日のうちに『スマイリーファイナンス』の立花社長が電話をくれたんや。立花さんの会社が浪友会の企業舎弟やいうことは知ってるやろ？」

堀江が確かめた。

「ええ、もちろん。『スマイリーファイナンス』は東京に営業所を設けたが、『共進エンタープライゼス』に妨害されて撤退させられたんでしょ？」

「そうやってな。そんな恨みがあったさかい、立花社長は出資金の返却交渉を引き受けてくれたんや。とゆうても、立花さんが東京に出向いたわけやないで」

「交渉役は、立花順の部下だったんですね？」

「そうや。大坪芳樹《おおつぼよしき》っちゅう『スマイリーファイナンス』の幹部社員や。四十歳前後やろうな」

「『共進エンタープライゼス』は投資詐欺ではないと弁明し、単に事務手続きのミスで配当金の支払いが中断したと……」

尾崎が話に加わった。

「大坪いう幹部社員はそんな言い訳は通らんと凄《すご》んで、荒垣社長の眉間にサイレンサー付きの拳銃の先端を突きつけたらしいわ。それで、いったん引き揚げることになったそうや」

「浪友会は、『共進エンタープライゼス』に殴り込みをかける気になったんでしょうね。関西の極道が東京の経済やくざに軽くあしらわれたんですから」

「立花さんは何か仕返しをする気やったんやと思うわ。けど、荒垣卓郎から直にわしに電話がかかってきて、『十年も前から大口脱税をしてることを国税庁に密告されたくなかったら、二億の出資金は預けたままにしておくんだ』と脅迫してきたんや」

「その話は事実なんですか？」

「ああ、ほんまや。わしは節税対策したと思うとるけど、国税庁の見解では脱税ってことになるんやろうな」

「そうして浮かせたお金で金塊や美術工芸品を買って、現金と一緒に自宅のどこかに……」

「いや、そうやない。京都の別荘や知人宅に預けてあんねん」

「脱税した総額は？」

「三十数億円やな。いや、四十億以上かもしれんわ。追徴金をたくさん持ってかれるさかい、所得税を払うだけでは済まなくなるねん。下手したら、隠し資産の半分以上は徴収されるやろな」

「そうされたくなかったので、堀江さんは荒垣の会社に預けた二億円は取り戻さないことにしたんですね」

力丸は相棒よりも先に声を発した。

「そうやねん」

「その後、配当金はきちんと振り込まれてるんですか？」

「荒垣から電話があった後は、減額されたリターンの振り込みがあったわ。頭にきたけど、わしにも弱みがあるさかいにな」

「だから、泣き寝入りすることになったわけですね。浪友会には迷惑をかけることになったんで、詫び料を払ったんでしょ？」

「藤本会長の自宅に五千万を届けて、わし、謝罪したわ。会長は詫び料など心配せんでもええと言うたけど、すんなり札束を受け取った。一千万ぐらいは立花さんの会社に回したのかもしれんけど、そのあたりのことはようわからんな」

堀江が言って、長嘆息した。

「あくどい荒垣を殺してやりたいと思ったんじゃありませんか、半分は冗談ですが」

「数億の損失はもったいない思うけど、第三者に荒垣を片づけさせる気にはなれんかったわ。株やFX取引で、もっと大きなマイナスを出したこともあるんや」

「大変な資産家には、どうってことのない損失でしたか」

「ま、そうやな」

「『スマイリーファイナンス』の立花社長は面子《メンツ》を潰されたんですから、自分の手を汚す気はなくても誰かに荒垣卓郎を殺らせたと疑えなくもありません」

「立花さんは荒垣に何か仕返しをしたかったようやけど、損得を考えて……」

「報復を断念した？」

「そう思うわ。それはそうと、荒垣はわしの税金逃れの証拠を握ってるような口ぶりやったな」

「そういうことなら、おそらく殺された荒垣は国税庁の幹部職員のスキャンダルの証拠も握って、悪質な脱税をしてる納税者のリストを手に入れたんでしょう。そして、そういった人間を投資詐欺のカモにしてたのかもしれませんね」

「そうなんやろか。そうやな、考えられんことやない。マイナンバーの導入によって、税務署や市町村は納税者の収入を把握できるようになってん。これからは、隠し金をこさえにくうなったわ。けど、必ず抜け道はあるはずや」

「逞《たくま》しいですね。金満家《きんまんか》なのに、まだ資産を膨らませたいのか」

「先行きが不透明な時代やから、できるだけ資産を減らさんようにせんとな。大変なことが身近に起こっても、金が充分にあれば、安心やないか」

「それはそうですが……」

「あんたは、金銭に執着する関西人をばかにしとるんやないか。せやったら、それは違うで。みんな、他人《ひと》の世話になりとうないから、もったいないことはせんで、せっせと貯蓄にいそしんでるねん。ただ、がめついだけやあらへん。大阪人だって、出すときは気前よう出しとるわ」

「でしょうね」

力丸の語尾に相棒の声が重なった。

「堀江さんは、誰が荒垣を殺ったんだと思います？」

「誰か思い当たる人物がおるわけやないけど、敵は多かったんとちゃうか。投資詐欺に引っかかって全財産を失った高齢者やったら、絶対に『共進エンタープライゼス』の社長のことは赦《ゆる》せんやろ。別の組の企業舎弟と揉めてたかもしれんし、汚れ役を押しつけられた部下にも恨まれてたんやないんかな」

「そうかもしれませんね」

「もうええやろか。まだ剪定が終わってないねん。植木職人はやたら枝を払ってまう。小枝も葉っぱも懸命に生きとるんや。むやみにカットしたら、かわいそうやないか」

「そうですね」

「せやさかい、わしは六年前から自分で剪定するようになってん。庭木の数が少のうないんで、しんどいことはしんどいわ。けどな、庭の樹木と心が通じ合ったと思えるときがあるねん。だからな、体が動く限り自分で枝葉を落とすつもりや」

「堀江さんは、まるで少年みたいですね。意外でした」

「どんな人間にも多面性はある。金が好きな者も、それだけやないぞ。だから、人間は面《おも》白《ろ》いんやないか」

「ええ、そうなんでしょう」

「あんたらは、わしが誰かに荒垣を始末させたかもしれんと心の底で少しは疑ってるんやろうが、それは見当外れや。わしのアリバイを調べ直したり、交友関係を洗っても無駄やで。ほな、さいなら！」

堀江は力丸たちコンビに背を向けると、盆栽の棚のある方向に歩きだした。

力丸は尾崎を目顔《めがお》で促《うなが》し、レンタカーに戻った。少し遅れて尾崎が運転席に坐った。

「念のため、大阪府警の中西刑事に浪友会構成員の中で事件前後に上京した奴もリストアップしてもらいますか？」

「そこまでする必要はないだろう。おれの心証では、浪友会関係者はシロだな。切断死体が発見された廃ビルの近くの路上に浪友会の幹部用金バッジが落ちてたが、やはり幼稚な偽装工作だろう」

「浪友会の犯行に見せかけようとした真犯人《ホンボシ》がいるんでしょうが、そいつはどうやって問題の幹部用金バッジを手に入れたんですかね。持ち主がうっかりどこかで落としたんでしょうか。いや、そういうことは考えにくいな。多分、真犯人にこっそり金バッジを盗《ギ》られたんでしょうね。サウナかどこかのロッカールームあたりで。そうだとしたら、荒垣を絞殺したのは浪友会の周辺の人間に絞ってもいいんじゃないんですか。破門された元構成員が浪友会の犯行に見せかけたとも考えられそうだな」

「そういう筋の読み方もできなくはないが、例の金バッジは精巧な造りの模造品だったのかもしれないぞ」

「ま、まさか」

「見た目が本物そっくりだったんで、機捜《きそう》も新宿署の捜査員も模造品と疑うことはなかったんじゃないのか。そうした初歩的なミスは、思い込みから時々やらかす」

「ええ、そうですね。力丸《リキ》さん、例の遺留品《リュウ》が模造バッジだとしても、真犯人は裏社会に精通してる奴だと言えるんじゃありませんか」

「そうだろうな。まだ顔の見えない犯人は荒垣に煮え湯を飲まされたことがあって、密かに殺意を懐《いだ》きつづけてたのかもしれないぞ」

「初動捜査資料には、それらしい人間の記述は一行もなかったですよね？」

「ああ、そうだったな。東京に舞い戻ったら、稲富専務にまた会ってみよう。レンタカーを営業所に返したら、上りの新幹線に乗ろうや」

力丸は言って、シートベルトを手繰《たぐ》った。

2

二人の男が言い争っている。

『共進エンタープライゼス』の出入口の前だ。来訪者は六十代の後半だろう。向かい合っている背広姿は三十歳前後に見える。『共進エンタープライゼス』の社員ではないか。

力丸は相棒の片腕を摑んで、エレベーターホールの陰に走り入った。コンビは帰京した足で、ここにやってきた。

「安藤《あんどう》さん、落ち着いてくださいよっ」

背広を着た男の声だ。

「こちらは投資詐欺に引っかかって、大事な退職金を二千三百万も失いかけてるんだ。まだ四年ほど住宅ローンが残ってるから、月に二十数万円の年金じゃ暮らせない。子育ては終わってるが、妻は病気がちで医療費がかかるんだ」

「投資詐欺云々《うんぬん》とおっしゃいましたが、それは誤解ですよ。配当金の振り込みが二カ月ほどストップしていますが、投資先は絶対に休眠会社なんかではありません」

「そんな話を信じるもんか。あんた、森川《もりかわ》と言ったな」

「はい」

「もっと上の人間に会わせてくれ。平社員じゃ話にならない」

「はっきりとおっしゃるな。上司はみな忙しく、あなたのお相手はできないんですよ。だから、わたしが説明しているんです。何度も言いますが、投資先は地熱エネルギー開発に励んでますよ。ただですね、大口の投資をしていたファンド会社が出資金の半分を引き揚げたんで、事業の運転資金が不足してリターンのお支払いが二カ月ほど滞ってしまいました。その点は申し訳なく思っています」

「いいから、上司に会わせろ！」

安藤が喚《わめ》き、腰の後ろに手を回した。

掴み出したのは、ハンドタオルに包まれたステンレス製の庖丁だった。刃渡りは二十センチ近い。銃刀法違反になる。

森川と呼ばれた男が後ずさり、震え声を絞り出した。

「な、何ですか!?」

「上の者に取り次ぐ気がないなら、あんたを刺す。そして、投資した金をそっくり返してくれるまで『共進エンタープライゼス』に立て籠《こも》る。あんたは人質というか、弾除けだ」

「お願いですから、どうか冷静になってください。新たな大口出資者が見つかりそうなんですよ。今後は、もう配当金の振り込みが中断するようなことはないでしょう」

「その話は前にも聞いた。とにかく、投資した金を返してくれ。客をなめるんじゃない！」

安藤が森川の首に庖丁の刃を密着させた。森川が竦《すく》んで、全身を硬直させた。

「そっちは森川って社員から廊下で情報を集めてくれ」

力丸は相棒に指示した。

「班長は、安藤という男を少し離れた場所に移動させて事情を聴くんですね？」

「そうだ。行こう」

「はい」

コンビは、相前後して歩きだした。安藤が力丸たち二人に気づいて、慌《あわ》てて庖丁を上着の裾で隠す。

「警視庁の者です。ちょっと話をうかがわせてください」

力丸は安藤に穏やかに話しかけ、エレベーターホールに導いた。尾崎が森川に警察手帳を見せ、何か小声で喋りはじめた。

「刑事さんに刃物を見られてしまいましたが、本気で人を刺す気はなかったんですよ」

安藤が立ち止まるなり、早口で弁解した。

「そうでしょうが、庖丁を隠し持ってるだけで銃刀法違反になります」

「わかっています。ですが、丸腰で『共進エンタープライゼス』に乗り込むのは心細かったんですよ」

「退職金をそっくり投資したようですね」

「はい、そうなんです。高配当を餌《えさ》にした投資詐欺に引っかかってしまったんですよ。知り合いの弁護士に相談してみたんですが、退職金を預けたのが暴力団の企業舎弟とわかると……」

「ビビってしまった？」

「その通りです。わたしも、そういうバックがついてる会社だとわかってたら、投資話には乗りませんでしたよ。でも、セールスに現われた社員は堅気で物腰がソフトだったんで、つい信用してしまったんです」

「うっかり騙されてしまうかもしれませんね。高配当を売りにしてる投資顧問会社には気をつけたほうがいいでしょう。おいしい話には、たいがい落とし穴があるもんです」

「そうなんですが、老後の生活資金を少しでも増やしたかったので、ついチェックを怠《おこた》っちゃったんですよ。いい年齢《とし》して、みっともない話です。わたしと同じように、虎の子をうまく詐取された人たちは多いと思います。百人や二百人じゃないでしょうね」

「おそらく数千人いるでしょう。しかし、関東共進会の企業舎弟だとわかったんで、仕方なく泣き寝入りした者が多いんだろうな」

「ええ、そうなんだと思います。ですが、わたしは負けませんよ。法テラスにでも相談に乗ってもらって、出資金をなんとしてでも取り戻します」

「話がこじれるようだったら、警察の知能犯係に動いてもらったほうがいいでしょう。投資詐欺が立件できたら、出資金の何割かは取り戻せるでしょうからね」

「全額を取り戻すことは無理なんだろうか」

「ええ、それは難しいかもしれません」

力丸は小声で言った。

「なんてことだ。年金だけでは暮らせないだろうから、そのうち自宅を売ることになりそうだな。真面目に生きてきたのに、こんな晩年になるとは夢にも思ってませんでしたよ」

「そうでしょうね」

「『共進エンタープライゼス』は悪いことばかりしてきたんだろうから、社長の荒垣卓郎は殺されても仕方ないな」

「投資詐欺に遭《あ》われた人たちは被害者の会みたいな団体を作ったんでしょうか」

「投資した者たちに横の繋《つな》がりがあったわけではないんで、被害者の会は結成されてないでしょう。多額を出資した者たちのうちの誰かが犯罪のプロに荒垣を拉致させて監禁させ、その後、殺害させたのかもしれませんね」

「まったく考えられないことではないと思いますが、第三者に殺人を依頼したら、実行犯に致命的な弱みを知られてしまうでしょう？」

「代理殺人を請け負ってくれた相手に一生、金を無心されるかもしれないわけか」

「そうです。そう考えると、投資詐欺に引っかかった人間が誰かに荒垣を始末させた可能性は低いでしょう」

「荒垣は経済やくざとして暗躍してたみたいだから、同業の人間と何かで揉めたのかもしれません」

「そうなんだろうか。ところで、ちょっと運転免許証か健康保険証を見せてもらえます？あなたのフルネームと住所を頭に入れておきたいんですよ」

「後日、わたしは銃刀法違反で逮捕されるんですか!?」

安藤の声が裏返った。

「そんなことはしませんよ。あなたには被害者の側面がありますからね」

「話のわかる刑事さんで、よかった。わたし、安藤紀久男《きくお》といいます。自宅は中野区の野《の》方《がた》にあります。小さな建売住宅で、いまは家内と二人で生活してるんですよ」

「そうですか。それでは、身分がわかるものを呈示してもらえます？」

力丸は促した。

安藤が上着の内ポケットから運転免許証を取り出した。

力丸は、差し出された運転免許証を受け取った。顔写真は本人のものに間違いなかった。

力丸は礼を言って、運転免許証を安藤に返した。

「わたし、このまま家に帰ってもいいんでしょうか？」

「ええ、そうしてください。『共進エンタープライゼス』の役員に談判したいんでしょうが、おそらく取り次いでもらえないでしょう。きょうのところはいったん引き取ったほうがいいだろうな」

「わかりました。あなた方は、荒垣の事件を捜査してるんですか？」

「ええ、そうです」

「荒垣のような悪党は殺されても仕方ないんじゃないのかな。善良な市民だったわけじゃないんですから、税金を遣《つか》って捜査をしなくてもいいでしょ？」

「そう思う気持ちは少しありますが、どんな悪党でも人間だったんです。捜査を打ち切るわけにはいかないでしょう」

「あなたの立場なら、そう言わざるを得ないだろうな」

安藤が呟くように言い、エレベーターの下降ボタンを押した。

力丸は安藤が函《ケージ》に乗り込んだのを見届けてから、『共進エンタープライゼス』の前まで進んだ。

「彼は森川拓真《たくま》という名で、三十一歳です。関東共進会の構成員ではないようです」

尾崎が力丸に報告した。

「そうか。で、新たな手がかりは？」

「残念ながら、得られませんでした。堀江の投資金の件で浪友会の大坪芳樹という男が一度訪ねてきたそうですが、そのほかヤー公っぽい男が乗り込んできたことはなかったという話でした」

「そう」

力丸はいったん言葉を切って、森川に顔を向けた。

「稲富専務はオフィスにいるのかな？」

「ええ、おります」

「いま帰った安藤紀久男さんが出資金を取り戻しに来たことは、専務は知ってるのかい？」

「知っています。わたしが、安藤さんの用件を専務に伝えましたので」

「で、稲富さんはどう対応しろと言ったのかな」

「投資先が運転資金不足に陥った事実はあるが、いまも業務は続行してると伝えてくれと言われました。それから、遅れ気味だった配当金も全投資家に必ず払っていくとも」

「ふうん。また専務に捜査に協力してもらいたいんで、取り次いでほしいんだ」

「わかりました。少しお待ちください」

森川がそう言い、職場に戻った。力丸は相棒に小声で問いかけた。

「いまの彼が嘘をついてる様子はうかがえなかったか？」

「ええ。会社がかなり危《ヤバ》いことをやってることは知ってるようですが、高給を貰ってるんで上司のやってることには口を出さないようにしてるんでしょうね」

「地熱発電ビジネス絡みの投資詐欺が行なわれてることは？」

「堅気の社員たちは誰も知らないようです。そのことを裏付けるような話があります。高配当なんで、森川は友人の父親に投資を勧めようとしたことがあるみたいなんですよ。友人の父は開業医らしく、なかなかリッチみたいなんです」

「そういうことなら、まともな社員たちは上の奴らが投資詐欺まがいなことをやってるとは疑ってもいないだろう」

「そうなんだと思います」

尾崎が口を閉じた。

そのすぐ後、森川がドアを開けた。

「専務室でお待ちしているとのことでした」

「そう。ありがとう」

力丸は森川の肩を軽く叩いて、先に『共進エンタープライゼス』の事務フロアに入った。尾崎が倣《なら》う。二人は奥に向かった。

稲富は専務室のドアを開けて待ち受けていた。

「ご苦労さまです」

「またお邪魔します。今朝早く東京駅から大阪に向かったんですが、有力な情報は得られませんでした」

力丸は言った。

「それは残念でしたね」

「十数分、お時間をいただけますか？」

「全面的に協力させてもらいます。故人にはいろいろ世話になりましたので、協力は惜しみません。どうぞお掛けください」

稲富が応接セットを手で示した。力丸たち二人は長椅子に並んで腰かけた。専務は少し迷ってから、なぜだか尾崎と向かい合う位置のソファに腰を沈めた。

「大阪の『スマイリーファイナンス』の立花社長とは会えましたか？」

「ええ」

力丸は相棒よりも先に応じた。

「立花さんは投資家の堀江氏の話を真に受けて、小番頭の大坪という男が出資金を引き揚げると息巻いたんですが、小社が投資詐欺なんかしていないとわかって……」

「大阪に戻ったようですね」

「ええ」

「投資詐欺のことは横に措《お》いときましょうか。堀江氏の話だと、出資した二億円を取り戻したかったようですが、荒垣社長に脱税してることを指摘されたんで投資した金はそのまま預けざるを得なかったんだということでしたよ」

「亡くなった社長が投資家を脅したですって!?　そんなことは考えられませんよ」

稲富専務が言下に否定した。

「そうですかね」

「どういう理由かわかりませんが、堀江氏は嘘をついたんでしょう」

「ちょっと待ってください。堀江氏はこちらの会社に預けた二億円の回収を浪友会に頼んだんですよ。そして、『スマイリーファイナンス』の立花社長の弟分と思われる大坪芳樹が貴社に乗り込んできたんです」

「そのときは、わたし、外出してたんですよ。大坪という使者に応対したのは、荒垣社長でした」

「関西の武闘派組織の荒くれ男が故人に凄まれたとしても、すごすごと退散しますかね。やくざ者は一様に面子を大事にしてます。大坪という代理人が引き退がったのは、堀江氏に大口脱税の弱みがあったからとは考えられませんか」

「そうだとしても、死んだ荒垣がそのことをちらつかせて出資金の返却を拒むとは考えにくいですよ。わたしらは関東共進会の身内ではありますが、真っ当なビジネスをしてるんです」

「そうかな」

尾崎が話に割り込んだ。

「正業で稼いでるんじゃないって言いたいのかな」

「とかく悪い噂があることは事実です」

「妙な中傷やデマが流れてるようだが、どれもでたらめなんだ」

「そうなんでしょうか」

「あやつけてんのかな」

稲富が笑いながら、そう言った。その目は尖《とが》っていた。笑っていなかった。

尾崎が挑戦的な眼差《まなざ》しを返す。力丸は相棒の膝頭に手を置き、稲富に話しかけた。

「別に連れはあやつけたんじゃないんですよ。世間は、どの企業舎弟も合法的なビジネスをしてるわけではないだろうと見てます」

「それは偏見でしょ？」

「とは言い切れないんじゃないかな。本庁《うち》の組対部は『共進エンタープライゼス』が手形のパクリ、商品取り込み詐欺、会社乗っ取りで荒稼ぎした事実を知ってるんですよ。しかし、被害者が刑事告訴することをためらったんで、地検送りにできなかった」

「そうした容疑を持たれたことはありました。ですが、立件できる証拠を警察は得られなかったんでしょ？」

稲富が反論した。

「その件を蒸し返すのはやめましょう。浪友会が堀江氏の出資金の回収に乗り出したにもかかわらず、すごすごと退散した。堀江氏が大口脱税で検挙される恐れがあったんで、交渉人の大坪芳樹は尻尾を巻くことになったんでしょう」

「故人が堀江繁之の弱みをちらつかせて、出資金の返却に応じなかったとは思えませんね。殺害された荒垣社長は商才に恵まれてましたが、出資者たちを威《おど》すようなことは一度もしてません。わたしの知る限り、そんなことは一遍もなかったな」

「専務が恩義のある故人を庇《かば》う気持ちはわかりますが、そもそも素っ堅気じゃなかったんです。この会社を潰すわけにはいかないはずだから、時にはダーティーな手段を使って利益を出してたにちがいない」

「会社ぐるみで悪事を働いてたなんてことは絶対にありませんよ。ただ……」

「何です？」

「臆測で荒垣社長の名誉を傷つけたくないんで、もう勘弁してください」

「稲富さんが言いにくいんでしたら、代わりに言いましょう。今回の事件の被害者は元レースクイーンを愛人にして月々百数十万円の手当を与え、高級賃貸マンションに住まわせてました。そのことまで否定するつもりはありませんね？」

「ええ。社長は長岡未樹にぞっこんだったんで、だいぶ彼女に入れ揚げてたと思います。社長の年俸は一億円以上だったんですが、それだけで奥さんと愛人の両方の面倒を見られるかどうか」

「堅気なら、それだけの収入でもうまく遣り繰りできるんじゃないですか。しかし、裏社会で貫目《かんめ》を上げた男は共通して見栄っ張りでしょう？」

「そういう傾向はありますね。社長はわたしたち会社の人間には気づかれないようにして、こっそり個人的にダーティーなことをしてたのかな」

「証言者の名を明かすわけにはいきませんが、故人は国税庁の幹部職員を抱き込んで、大口脱税者リストを手に入れた節があると語ってたんですよ」

力丸は揺さぶりをかけた。

「本当ですか!?」

「大口脱税者たちを国税庁に密告すると脅迫すれば、まとまった口止め料を毟《むし》ることはできるでしょう」

「ええ、それはね。しかし、荒垣社長が恐喝《カツアゲ》で汚れた金を稼いでたとは思いたくないな」

「恩人のイメージを汚したくはないでしょうが、年収一億円程度で女房孝行をして、さらに若い愛人に思い切り贅沢をさせられるだろうか。故人はベンツＳＬ500を乗り回してたんでしょ？」

「そうです。刑事さんが言うように年俸だけでは、二人の女性を満足させて自分も余裕のある生活はできないだろうな。故人の名誉を傷つけたくはありませんが、何か個人的なシノギでたっぷりと稼いでたのかも。そうだったとしたら、少し失望しました。わたし、故人のようにカッコよく生きたいと憧《あこが》れてましたんで」

稲富が溜息混じりに言って、天井をふり仰いだ。

「このオフィスに国税庁の職員が顔を出してました？」

「そういう役人が社長を訪ねてきたことはなかったですよ。国税庁の職員から故人が大口脱税者のリストを手に入れてるという話が事実だとしても、その相手を会社に呼びつけるなんてことは……」

「ええ、考えられませんね。人目につかない場所で情報を受け取って、その場で謝礼を相手に渡すか」

「そうしてたんじゃないですかね。でも、飲食店の個室で落ち合ってても、従業員たちにどちらも姿を見られてしまうな。荒垣社長は広尾の自宅マンションに国税庁の幹部職員を招いてたんですかね」

「そんなことをしたら、奥さんに不審に思われるはずです」

「そうでしょうね。でも、愛人宅で相手と会えば、あまり人に怪しまれずに済みそうだな。わたし、長岡さんにそれとなく探りを入れてみましょうか」

「そこまでやっていただかなくても結構ですよ。時間を割《さ》いていただいて、ありがとうございました」

力丸は謝意を表し、ゆっくりと腰を浮かせた。尾崎が立ち上がる。

二人は専務室を出て、エレベーターホールに向かった。

「いったん分室に戻って、エルグランドで長岡未樹の自宅に行こう」

力丸は尾崎に言って、足を速《はや》めた。

3

濃い緑茶がうまい。

思わず力丸は唸《うな》った。組対部の分室である。コンビは『共進エンタープライゼス』を辞して、職場で一息ついていた。

力丸と尾崎はテーブルを挟んで、向かい合っている。

「おまえが淹れてくれたお茶、いつもの何倍もうまいよ」

「気のせいでしょう？　茶葉の銘柄を変えたわけじゃありませんので。大阪からトンボ返りして、『共進エンタープライゼス』で再聞き込みをして疲れたんで、日本茶がおいしく感じられたんだと思います」

「そうなんだろうか」

「稲富専務は被害者《マルガイ》に恩義を感じてただけじゃなく、生き方にも憧れてたようですね」

「専務はそう言ってたな」

「稲富稔は高校を退学になってから、間もなく関東共進会に入ってます。インテリやくざの荒垣はカッコよく映ってたんでしょうね」

「そうなんだろう。二十年くらい前から大卒のやくざは珍しくなくなったが、それ以前は数が少なかった。いまや喧嘩が強いだけの暴れん坊はたくさんいるが、頭《ペテン》もいいヤー公は多くない」

「そうですね。高校中退の稲富が荒垣をヒーロー視するのは当然でしょう。専務は憧れの兄貴分に少しでも近づきたいと本をたくさん読んで、社会の仕組みや経済の勉強もしたんだと思います」

尾崎が言った。

「そうなんだろうな。そこそこの知力がなければ、企業舎弟《フロント》で働かせてもらえないはずだ」

「多分、荒垣社長が稲富のことを見込みのある奴だと評価して、『共進エンタープライゼス』に引っ張ったんでしょう。稲富専務は新社長に選ばれるんじゃないかな」

「荒垣の右腕として働いてたんだから、新しい社長になってもおかしくない。そういう流れになるのは自然のことだと思うが、稲富は番頭格でありながら、荒垣の裏ビジネスのことをあまり知らないようだったよな」

「ええ、そうでしたね。でも、本当は会社のダーティーなビジネスのことはもちろん、荒垣の個人的なシノギも知ってて……」

「荒垣を庇《かば》い通そうとしてる？」

「ええ、そうなんでしょう。自分らに知ってることをすべて喋ったら、『共進エンタープライゼス』は廃業に追い込まれることになるでしょうから」

「そうなるだろうな。稲富から有力な手がかりが得られるわけないか」

「と思います。力丸《リキ》さん、一息入れたら、長岡未樹の家《ヤサ》に行ってみましょうよ」

「そうするか」

力丸は同意した。

そのとき、分室室長の有村理事官がやってきた。力丸は十数分前に有村に捜査の経過報告をしていた。コンビは相前後してソファから腰を浮かせた。

「そのまま、そのまま」

理事官が言って、尾崎の隣のソファに腰かけた。

「何かあったんですか？」

力丸は有村理事官に問いかけ、ソファに坐った。尾崎も腰を落とす。

「江角部長の部屋から分室に来たんだが、ちょっと困ったことになったんだ。刑事部長が江角部長に捜一との合同捜査に踏み切らないかと打診してきたそうなんだよ」

「そうなんですか」

「やくざ絡みの殺人事件の捜査は、組対部の守備範囲だよな。江角部長はもう数日は、組対部《うち》に主導権を執《と》らせてほしいと刑事部長に申し入れたという話だった」

「それに対して刑事部長は？」

「新宿署から捜一に捜査本部設置の要請があったんで、一両日しか待てないと遠回しに言ったらしい」

「所轄署に捜査本部《チョウバ》が設置されれば、合同捜査というのは名目だけになるケースがほとんどですよね？」

「そうだな。江角部長は刑事部捜査一課にお株を取られる形になったら、屈辱感を味わわされることになると……」

「確かに面白くないですよね」

「そうなんだが、一両日のうちに容疑者を特定する目処《めど》はついてないんだろう？」

「そこまでは捜査が進んでいません」

「そうだろうな。まだ動きだしたばかりだからね。それにしても、弱ったな。どうしたもんか」

有村が額に手を当てた。一拍置いてから、尾崎が口を開いた。

「理事官、反則技を使いませんか？」

「新宿署に身替り犯を出頭させて、時間を稼ごうってことだね」

「ええ、そうです。いずれ身替り犯のことはバレるでしょうが、三、四日は時間を稼げるんじゃないですか」

「うむ」

「以前、貸しを与えた組員が数人います。その連中は全員、前科《マエ》持ちなんですよ。自分が頭を下げれば、協力してくれる者はいると思います」

「しかし、そうしたアンフェアな手を使ったことが発覚したら、わたしだけではなく江角部長も責任を問われることになるだろう」

「自分が独断で身替り犯を新宿署に出頭させたことにしてもかまいません」

「尾崎《ザキ》、それはまずいな」

力丸は会話に加わった。

「どうしてです？」

「形だけだが、こっちが分室の班長なんだ。おれは、そっちの上司になるわけだ」

「ええ、そうですがね」

「身替り犯を出頭させるんなら、おれが勝手にやったことにしよう」

「力丸君、それもよくないな。きみら二人を動かしてるのは、わたしと江角部長なんだ。コンビのどちらかに背任をおっ被せるわけにはいかないよ。部長も、そうおっしゃるだろう」

「ですが、このままでは早晩、捜一との合同捜査になってしまいます」

「そうなんだよね」

「有村理事官、重要参考人と目される人物が捜査線上に浮かんだってことにしませんか。状況証拠はクロなんだが、まだ物証を得てないということにすれば……」

「刑事部長は、それで納得してくれるだろうか。重参（重要参考人）の件が嘘だったと見破られたら、進退問題に発展するな」

「そうなるかもしれませんが、身替り犯を出頭させるよりは科《とが》は軽いでしょう」

「ああ、それはね。しかし、反則行為だな」

「そのことでためらっているのでしたら、こっちが嘘をついたってことにしてもかまいません。そうすれば、こっちだけが懲戒処分されるだけでしょうから」

「力丸《リキ》さんだけに処罰を受けさせるなんてことはできません。自分と力丸さんが重参がいるなんて嘘をついたことにしましょうよ」

尾崎が話に割り込んだ。

「おまえは二人の子持ちなんだ。こっちは独身だから、仮に懲戒免職になっても仕事にありつけるだろう。嘘をついたのは、おれだけってことにしようじゃないか」

「いいコンビだな、きみらは」

有村理事官が力丸と尾崎を交互に見て、透明な笑みを浮かべた。

力丸は面映《おもは》ゆかった。尾崎も照れ臭そうだ。

「二人がそこまで言ってくれてるんだから、わたしも少しは俠気《おとこぎ》を見せないとな。江角部長を説得して、刑事部長になんとか合同捜査を延期してもらうよ」

理事官がソファから立ち上がって、あたふたと分室から出ていった。江角部長の部屋に直行するのだろう。

力丸たち二人も茶を飲み干すと、ソファセットから離れた。分室を後にして、五階から地下二階の車庫まで下る。

「自分が運転します」

尾崎がエルグランドに走り寄って、運転席に乗り込んだ。力丸も助手席に腰を沈めた。

尾崎が車を発進させ、スロープを登って本部庁舎の外に出た。目的の『鳥居レジデンス』に着いたのは十七、八分後だった。

二人はエルグランドを路上に駐《と》め、集合インターフォンに足を向けた。

力丸はテンキーに右手を伸ばした。長岡未樹は自宅の五〇一号室にいた。

「警視庁の力丸ですが、また捜査に協力していただきたいんです」

「いいですよ。でも、部屋のあちこちに段ボールを積み上げてあって、ものすごく散らかってるの」

「引っ越されるのかな」

「そうなの。ここの高い家賃を自分では払えないでしょう。荒垣のパパは死んじゃったし、横溝さんも頼れなくなったんで、わたし、いったん金沢の実家に戻ることにしたんです」

「そう」

「オートロックを解除するから、五階に上がってもらえますか」

未樹の声が熄《や》んだ。

力丸たちコンビはエントランスホールに足を踏み入れ、エレベーターで目的のフロアに上がった。五〇一号室のドア・ロックは外されていた。

コンビは部屋の主に請《しょう》じ入れられ、リビングのソファに並んで坐った。２ＬＤＫの室内は段ボール箱だらけだった。

「コーヒーを淹れましょうか」

「どうかお構いなく」

力丸は即座に言った。未樹は素直に受け取り、力丸の正面のソファに浅く腰かけた。

「じきにパパを殺した犯人は捕まると思ってたけど、捜査は思うように進んでないみたいね」

「そうなんですよ」

「大阪の浪友会とちょっと揉めたことがあると荒垣のパパは言ってたけど、関西のおっかない人たちは事件に絡んでなかったの？」

「浪友会は事件には関与してなさそうですね。そういう心証を得たんですよ」

「でも、切断死体が遺棄されてた廃ビルの近くの路上に浪友会の幹部用金バッジが落ちてたんじゃない？」

「そうなんですが、その遺留品は小細工と思われるんですよ。犯人が浪友会関係者の犯行と見せかけたかったんでしょう」

「そうなのかな。荒垣のパパは絞殺されてから首と両腕を切り落とされたそうだけど、堅気の人間はそこまで残忍なことはしないんじゃない？　浪友会関係者の仕業じゃなかったにしろ、やくざにパパは殺されてしまったんじゃないのかな」

「その根拠は？」

力丸は訊いた。

「それはないんだけど、いわゆる素人の手口じゃない気がするの。パパは経済マフィアとかブラックジャーナリストと対立したこともあるだろうから、そういう連中をひとりずつ調べていったら？」

「パトロンから、その種の人間とトラブってたという話を聞いたことはあります？」

「ううん、それはなかったわ。前回も言ったけど、パパは仕事に関する話はめったにしなかったのよ。東証スタンダード上場の製菓会社の筆頭株主になって、創業者に持ち株をプレミアム付きで買い戻させたときは大儲けできたと喜んでたけどね」

「その会社は『クロスバー製菓』なんじゃないですか？　同社は一時、会社乗っ取り屋に経営権を押さえられたって報じられてたから」

「ええ、『クロスバー製菓』だったわ。その会社がパパのことを恨んでて、犯罪のプロに殺人依頼したとは考えられないかな」

未樹が言いながら、脚を組んだ。ミニスカートの裾から、むっちりとした太腿が覗いた。

「名のある会社が破滅を招くような愚かなことは考えないと思います」

「ま、そうでしょうね」

「どんな小さなことでもいいんですが、事件の被害者が仕事に関する事柄を喋ったりしてなかった？」

「そういえば、初秋のある夜、わたしがシャワーを浴びて寝室に戻ると、荒垣のパパはスマホで誰かとひそひそ話をしてたの。新しい彼女に電話してるんじゃないかと勘繰《かんぐ》ったんだけど、通話相手は男みたいだったわ」

「どんな通話内容だったか憶《おぼ》えてる？」

「パパは相手に『国税担当の検事と新聞記者に気をつけろよ』とくどくどと言ってから、電話を切ったの」

「そうですか」

力丸は興味がなさそうな返事をしたが、刑事の勘がすぐに働いた。大阪の資産家の堀江が口にした言葉が蘇《よみがえ》る。

殺害された荒垣は国税庁の職員を何らかの方法で抱き込み、国税不祥事を恐喝材料にしていたのかもしれない。そのついでに、民間人の大口脱税疑惑者リストを手に入れ、高額な口止め料をせしめていたのではないか。

国税庁は財務省の付置機関だ。職員たちは国庫収入確保のため、日々、奮闘している。実権は財務省の官僚《キャリア》が握っていると言えよう。国税庁長官、次長、庁の部長、課長、東京国税局の局長、総務部長、査察部長らがキャリアポストだ。

国税職員は、およそ五万六千人である。国税庁の下部機関である国税局は東京、大阪、名古屋、札幌、仙台、金沢などに配置され、その下の各税務署を束《たば》ねている。

国税調査官は質問検査権を有し、査察官は家宅捜査ができる。国税は検察庁と不即不離《ふそくふり》の関係にあって、国税の脱税告発で協力し合っていた。もちろん、力関係は検察が上位にある。

経済やくざだった荒垣が抱き込んだのは、東京国税局の職員なのだろう。二〇一五年に東京・大手町《おおてまち》から築地《つきじ》に移った東京国税局は数々の大口脱税事件の摘発で輝かしい歴史を残してきた。

資産家たちが悪知恵を働かせても、国税局の査察官たちの目はごまかせない。摘発前にマークされている脱税容疑者を強請《ゆす》れば、巨額の口止め料を得られるだろう。

荒垣は、抱き込んだ東京国税局の幹部職員に命を奪われたのか。それとも、たびたび恐喝した脱税容疑者に始末されたのか。

「班長、どうしました？」

かたわらに坐った尾崎が心配顔で訊いた。

「悪い！　ちょっと筋読みに耽《ふけ》ってたんだ」

「自分が長岡さんに質問してもかまいませんか？」

「ああ」

力丸は許可した。尾崎が未樹に顔を向ける。

「荒垣さんは、あなたが浴室から戻ったことに気づいたとき、どんな様子でした？」

「ちょっと焦《あせ》ったみたいだったわ。別に言い訳めいたことは言わなかったけど、なんか後ろめたそうだったわね」

「そう。きみのパトロンだった被害者が政治家や官僚の汚職絡みの脱税を恐喝材料にして強請《ゆすり》を重ねてたとしたら、命を狙われても不思議じゃない。しかし、相手は手強《てごわ》いだろうな。そいつは、民間人の大口脱税者から口止め料を脅し取ってたんじゃないかな」

「そうなのかしらね。わたしは、よくわからないわ」

「いや、待てよ。きみのパトロンは電話相手に『国税担当の検事と新聞記者に気をつけろよ』と言ってたんだよね？」

「ええ」

「だったら、国税を巡る不正を嗅《か》ぎつけて役所を脅してたんだろうな。あるいは、そのつもりで悪謀を巡らせてたんじゃないかな」

「どっちなのかしら」

「力丸《リキ》さん、どう思います？」

「脅すつもりだったんだろうな、最初は。だが、事は簡単には運ばなかった。それで、国税局にマークされてる脱税容疑者たちから口止め料をせしめてたんじゃないのか。おれは、そう筋を読んだ」

力丸は答えた。

「被害者が大阪の資産家を脅迫したときの台詞《せりふ》から察して、そう推測してもよさそうですね」

「ああ」

「パパは堅気じゃなかったんだから、悪事で荒稼ぎしてたんでしょうね」

未樹が力丸を見ながら、複雑な笑い方をした。

「その疑いはあるだろうな」

「貧乏ったらしい生活はしたくないと思ってたけど、パパから貰った手当は汚れたお金だったのね。買ってもらった有名ブランドのバッグ、腕時計、装身具もまともに稼いだお金で購入したんじゃなかったんでしょう」

「だろうね、多分」

「贅沢できる愛人生活にほぼ満足してた時期があったけど、わたし自身、身も心も薄汚れてしまったのね。横溝さんとなら、わたし、駆け落ちしてもいいと思ってたのよ。だけど、彼もまともな生き方をしてなかった。わたしって、男運が悪いのかな。そうじゃなくて、生き方に問題があったのかしら」

「ストレートに言うよ。生き方がまともじゃなかったから、まっすぐに生きてる男たちに目もくれなかったんだろうな。田舎で人生をリセットしてみたら、どうだい？　忙しいのに悪かったね」

力丸は相棒を目顔で促して、値の張りそうなリビングソファから立ち上がった。尾崎も腰を浮かせた。

二人は五〇一号室を辞去し、高級賃貸マンションの一階に降りた。表に出たとき、力丸の懐で刑事用携帯電話《ポリスモード》が着信音を発した。

手早くポリスモードを摑み出す。発信者は有村理事官だった。

「江角部長と協議して、分室で重要参考人を割り出したって刑事部長に告げたよ。あと二、三日で決着をつけてほしいんだが、合同捜査になってもきみらが責任を感じることはないからな」

「結果はどうなるかわかりませんが、尾崎と一緒にやれることはやります。意地がありますからね」

「そうだろうが、きみは捜一所属なんだ。無理させて、心苦しいと思ってるよ」

「理事官、気にしないでください。いまは、組対部分室で職務をこなしてるんですから」

「力丸君……」

「それより、長岡未樹から気になる情報を入手しました」

力丸は詳しい話をした。

「きみの筋読みは正しいんじゃないかな。荒垣は東京国税局の幹部職員を何らかの手を使って味方にして、脱税の疑いを持たれてる金持ちを摘発前に脅迫して、高額な口止め料をせしめてたんだろう。協力してた国税局職員が荒垣と手を切りたくて、誰かに片づけさせたのかもしれないぞ。そうじゃなかったら、巨額を強請《ゆす》られた大口脱税者が反撃に出たんだろうね。しかし、どちらが怪しいかはすぐには判断つかないな」

「そうですね。大学時代の友人が毎朝日報《まいちようにつぽう》の経済部の記者をやってるんですよ。久坂部《くさかべ》駿《しゆん》という奴なんですが、そいつに東京国税局の職員の中に急に金回りがよくなったり、不動産を購入した者がいるかどうか探りを入れてみます」

「そういう人物がいたら、捜査対象者にしてもいいだろう。うまくやってくれないか」

有村が通話を切り上げた。

力丸はポリスモードを耳から離し、理事官から聞いたことを尾崎に伝えはじめた。

4

レンタルルームを探し当てた。

友人に指定された貸会議室である。東京駅の八重洲《やえす》中央口から数百メートル離れた雑居ビルの地下一階にあった。

約束の時刻は午後六時だった。まだ七分ほどある。

「車を路肩に寄せてくれ」

力丸は尾崎に命じた。尾崎がエルグランドを歩道に寄せて、手早くエンジンを切る。

「毎朝日報の久坂部に会うのは、おれだけにしよう」

「自分が同席しては、まずいですか？」

「二人で久坂部に会ったら、経済部記者が部外秘資料を警察にこっそり流したと疑われかねないじゃないか。そのことで、久坂部の立場が悪くなるかもしれないだろう？」

「その恐れはあるでしょうね」

いんじゃないか」
「おれと久坂部は大学時代からの友人なんだ。そんな二人が会ってても、別におかしくな
「ただ、落ち合うのがレンタルルームとなると……」
「ここに来る前にカツ丼を掻《か》き込んだから、少し眠くなったんじゃないか。居眠りしてて
もいいぞ」
力丸は助手席から降り、少し先にある雑居ビルに向かった。大通りから一本外れている
からか、意外に通行人は少ない。
目的の雑居ビルは、古びた五階建てで、だいぶ古びていた。力丸は地階に通じる階段を
駆け降り、通路の奥に進んだ。教えられたD号室のドアをノックする。まだ久坂部は到着
していないと思っていたが、すでに待っていた。
力丸は入室した。十畳ほどの広さだった。右手に会議用のテーブルと椅子が置かれ、左
手には長椅子が据えられている。
久坂部駿は奥の壁際の椅子に坐って、他紙の夕刊に目を通していた。
「忙しいのに悪かったな。久坂部、このレンタルルームはよく使ってるようだね」
力丸は言いながら、友人と向かい合う位置に腰かけた。久坂部がにやつく。
「サボりたいときに使ってるんだよ」

「そうか。電話で頼んだ件、調べてくれたか」

「ああ、一応な。捜一に所属してる男が、なんで経済事案に興味を持つんだ？」

「いま説明するよ」

力丸は内心の狼狽《ろうばい》を隠して、努めて平静に言った。久坂部には組対部分室に出向中であることは伏せてあった。

「先日、関東共進会の企業舎弟の社長が殺害された事件は知ってるな？」

「ああ、記憶に新しいからね。被害者は『共進エンタープライゼス』の荒垣とかいう社長だったんじゃないか」

「そう。荒垣の切断死体が発見されたのは新宿署管内だったんだが、まだ所轄署に捜査本部は設置されてないんだ。被害者《マルガイ》が関東共進会の理事のひとりだったんで、本庁組対部が捜査を担当してるんだよ」

「組対部で犯人を割り出せなかったら、新宿署に捜査本部が置かれて合同捜査になるわけだな」

「そうなんだ。合同捜査になる可能性が高いんで、おれたち捜一の殺人犯捜査係も動いてるんだよ」

「そういうことなのか」

「東京国税局の職員で急に私生活が派手になった奴はいた？」

「そういう職員はいなかったよ。力丸も地方公務員だけど、役人の多くは堅実な生き方を心がけてるからな。東京国税局の局長、総務部長は実に禁欲的《ストイック》な生活をしてる。国税庁のキャリアたちも同じだ」

「査察部は納税者たちに泣きつかれたり、甘い罠を仕掛けられたりしてるんじゃないのか。かなり昔の話だが、査察部の幹部職員が大金と女を与えられて、悪質な大口脱税者を摘発リストから勝手に外した事例があった」

「たいていの男は金や女に弱いからな。以前は、そうした不心得者がいたよな。しかし、収賄《しゅうわい》が発覚したら、一巻の終わりじゃないか」

久坂部が言った。

「そうだな。起訴されて職を失う。家族に逃げられた男もいただろう。数百万円の金を貰ってハニートラップに引っかかっただけで、人生を棒に振ることになる。だから、誘惑にうっかり乗る奴は少なくなったのか」

「と思うよ」

「それでも、人間は愚かで弱い。大口脱税をしてる者に金品で抱き込まれる職員がひとりもいないってことはなさそうだな」

「さっきも言ったが、東京国税局の幹部職員で急に生活が派手になった者はまったくいないようだったんだ」

「そういう話だったな。荒垣が職員から脱税の疑いをかけられてる納税者リストを手に入れて、摘発前に多額な口止め料を脅し取ったかもしれないと推測してみたんだが、読みが外れたか」

「力丸の推測が正しかったとすれば、悪質な大口脱税者が『共進エンタープライゼス』の社長を殺害したかもしれないぞ。東京国税局の収賄職員は弱みを握られたことになるが、まさか殺人まではやらないだろう」

「わからないぜ。身の破滅を回避したくて、脱税常習者リストのコピーを渡した相手の口を封じないとも限らないじゃないか。公務員は総じて保身本能が強く、根は臆病《おくびょう》だからな」

「そういうタイプの人間が多いんだろうが、いくらなんでも血迷ったことはしないと思うよ」

「そうかな」

「企業舎弟の社長はおそらく経済マフィアとして暗躍してたはずだから、裏経済界のハイエナどもと何かで利害が対立してたんじゃないのか」

「これまでの調べでは、本事案の被害者が同類の経済やくざやブラックジャーナリストなんかと反目し合ってたという情報は耳に入ってきてないんだよ」

「そうなのか。力丸は敏腕刑事と呼ばれてるようだから、推測が見当外れではないのかもしれない。しかし、脱税常習者リストを外部に流した職員はいなさそうなんだ」

「収賄の事実がバレないよう意図的に地味な暮らしをして、汚れた金を貯め込んでる職員がいるんじゃないのか。そうしてれば、上司や同僚職員に怪しまれはしないだろうからな」

「そんなふうに用心しつづけてたら、悪い噂も立たないだろう」

「だろうね」

力丸は同調した。

「仮に悪質な脱税者に抱き込まれた職員がいたとしても、警戒して怪しまれるような行動を慎んでたら、汚職はバレないだろう。東京国税局の査察部の職員たちの私生活を探ってみてもいいが、自分の仕事もこなさなきゃならない。だから、すぐに再調査はできないな」

「無理しなくてもいいんだ、久坂部」

「おれは社会部記者になりたくて、新聞社に入ったんだ。事件の取材をしたかったんだが、学芸部、政治部、経済部と異動になって、いまも事件記者になれてない」

「そのうち社会部に異動になるかもしれないから、あんまり腐るなよ。毎朝日報は全国三大紙のひとつなんだから、おまえはいい職場に恵まれたんだ。不平を言ったら、罰《ばち》が当たるぞ」

「そうだな。あっ、もしかしたら……」

久坂部が何か思い当たったようで、声のトーンを変えた。

「どうした？」

「東京国税局の野呂貴史《のろたかふみ》という査察部長の息子が集団レイプ事件の加害者のひとりとしてだいぶ前に麻布署に逮捕されたんだが、嫌疑不十分ということで翌々日に釈放されたんだよ。もちろん、不起訴処分だった」

「そんな事件があったのか。新聞やテレビでは報道されなかった気がするが」

「夕刊紙が被害者と加害者を仮名で事件を小さく報じたが、主要マスコミは沈黙したままだったな」

「加害者は何人だったんだ？」

「三人だよ。いずれも二十代で、六本木のクラブのＶＩＰルームに入り浸ってる遊び人だったらしい」

「その三人の男のひとりが大物の政治家かキャリア官僚の息子で、事件の揉み消しを図ったんじゃないのか」

「いや、そうじゃないようなんだ。三人の遊び仲間にクラブのＶＩＰルームで輪姦《マワ》されたと麻布署に駆け込んだという被害者の女性には虚言癖があって、過去に二度も同じ騒ぎを起こしたことがあるんだ」

「実際には姦《や》られてなかったのか？」

「いや、酔って三人の遊び仲間と合意のセックスをしたようなんだよ。でも、自称テレビタレントの被害者女性は野呂査察部長の倅《せがれ》たちに代わる代わるに犯されたと訴えつづけたそうなんだ」

「麻布署は被害に遭《あ》ったと訴えた女性の体を検査しなかったのか？」

「当然、警察は検査を受けさせる気だったみたいだよ。しかし、被害者が赤坂署と原宿署に知り合いの男たちに輪姦されたと嘘の被害届を出したことがあるとわかったんで、野呂部長の息子たち三人を四十五、六時間留置しただけで……」

「釈放したのか」

「そうみたいなんだ」

「参考までに野呂貴史の息子の名前を聞いておこうか」

「えーと、確か優《まさる》という名だったな。二十六歳で、大学を中退してからは一度も定職には就いてないはずだよ」

「どうやって喰ってるんだ？」

「母親から月に十五万ほど小遣いを貰って、足りない分は日払いのバイトで……」

「ずいぶん甘い母親だな」

「独りっ子なんで、甘やかしてるんじゃないか。父親は自分と同じように東大を出て、息子が官僚になることを願ってたらしいんだ。しかし、優は学校の勉強が嫌いで、中・高校生のころから夜遊びをしてたようだな。ファッションには興味があったみたいで、デザイナーを志した時期もあった。でも、飽きっぽい性格のようで……」

「ブラブラして過ごしてきたんだな。両親は公務員住宅に住んでるんじゃないか」

「ああ、港区内にある官舎に住んでる」

「息子も親と同居してるのか？」

力丸は確かめた。

「倅は友人宅や女友達のマンションなんかを泊まり歩いてて、めったに自宅には帰ってないようだな」

「ほかの二人の男について教えてくれないか」

「どっちも名前までは憶えてないが、ひとりは喰えなくなったスタジオ・ミュージシャンで、もう片方はイタリアンの元コックだったかな」

「集団レイプ騒ぎの舞台になったDJのいるクラブは？」

「『K』という店だよ。外苑東《がいえんひがし》通りに面した飲食店ビルの七階にある」

「自称テレビタレントの被害者の名は？」

「本名は亀井《かめい》さとみなんだが、サリーが通り名で夜ごと六本木、赤坂、青山界隈に出没してるそうだ。長い髪をプラチナブロンドに染めてるって話だから、見つけ出すのはそれほど難しくないと思うよ」

「だろうな。野呂優が運転免許を持ってれば、本庁から写真データを得られる。サリーこと亀井さとみも運転免許を取得してたら、手間が省《はぶ》けるんだがな」

「野呂査察部長の息子のことを調べてみるのか？」

「ああ、一応な。通称サリーが遊び仲間の男三人に本当に輪姦されたんだとしたら、野呂貴史は息子のことで弱みができたことになる」

「力丸は、その件で野呂査察部長が『共進エンタープライゼス』の荒垣社長に脱税の嫌疑をかけられてる者たちのリストを渡さざるを得なくなったと推測したみたいだな？」

「うん、まあ」

「それなら、野呂貴史が殺し屋《プロ》を雇って荒垣を始末させたと疑ってるんだ？」

「その疑いはゼロじゃないだろう」

「キャリアがそんな恐ろしいことを考えるかな」

久坂部が小首を傾げた。

「息子の優が遊び仲間と一緒にサリーを実際には犯してたとしたら、父子ともども前途を閉ざされることになる」

「事実がそうだったとしたら、被害を訴えた通称サリーの口を真っ先に封じると思うんだがな。自称テレビタレントの彼女が殺害されたとか、失踪したままだというニュースはまったく報道されてない」

「サリーという娘《こ》は、まとまった金を渡せば、示談に応じてくれそうだな。だが、集団レイプ事件が実際に起こったことを荒垣が知ったら、東京国税局の野呂査察部長につけ込む気になるだろう。経済やくざたちは楽に稼げることはなんでもやってる」

「そのことは否定しないよ。『共進エンタープライゼス』の社長は、東京国税局にマークされてる脱税常習者リストを手に入れて……」

「その連中から多額の口止め料を脅し取ってたのかもしれないぞ。そうなら、野呂貴史に犯行動機はあることになる」

「そうだな。それから息子の優と脱税常習者にもね」

「そうなるな」

「脱税は犯罪になるんだが、富裕層は所得税、住民税、法人税、消費税で総収入の多くを納めさせせられるからなあ」

「北欧諸国と較《くら》べれば、まだ日本の税率は高くない。それでも、稼ぎの半分ほどの税金を課せられたら、虚しくなるだろう」

「うん、そうだろうな。それだから、税金の安いシンガポールに移住したり、租税回避地《タックスヘイブン》にペーパーカンパニーを作って、資産をカリブ海の小国に移したりするリッチマンが増加してる」

「だいぶ前に〝パナマ文書〟の報道で知ったんだが、世界の富豪たちだけではなく、大国の大統領、元首相、有名人たちが資産をタックスヘイブンのペーパーカンパニーの口座に移して、税金逃れをしてることがショックだったよ」

「権力者や有力者たちがそんなことをしてるんじゃや、一般人は納税することがばかばかしくなる」

「久坂部の言う通りだな。税金の遣《つか》われ方が不透明だから、納税は国民の義務なんだが……」

「積極的に払いたくはなくなるね。国際調査報道ジャーナリスト連合（ＩＣＩＪ）が〝パナマ文書〟で成功者たちの節税・脱税の手口を暴《あば》いたから、よけいに税金を払うことに抵抗が大きくなったよ」

「そうだな。役に立つ情報を貰えたんで、近いうちに一杯奢《おご》ろう」

「当てにしないで待ってるよ。この後、ここで大手商社の社員に会うことになってるんだ。内部告発の資料を提供してくれるんだよ」

「そうなのか。なら、おれは先に出るよ。悪かったな」

力丸は椅子から立ち上がって、静かにレンタルルームを出た。地上に駆け上がり、エルグランドの助手席に乗り込む。

「どうでした？」

尾崎が訊いた。力丸は順序立てて経過を伝えた。

「通称サリーという娘《こ》がクラブのＶＩＰルームで野呂優たち三人に本当に輪姦《マワ》されてたんなら、東京国税局の査察部長は焦るでしょうね。父子ともに沈むことになりますんで」

「そうなるだろうな」

「それにしても、所轄署はずさんな捜査をやったもんですね。サリーが二度もレイプ事件の被害者だと嘘をついたからといって、被害者の体の検査をしなかったとは呆《あき》れちゃいますよ」

「事によったら、キャリアの野呂貴史が法務省か検察庁高官に裏から手を回してもらったのかもしれないぞ」

「それ、考えられますね。キャリア同士は仲間を庇《かば》い合って、時には黒いものも白くしちゃうからな」

「残念だが、それを否定することはできない。警察の上層部にも腐ったエリートはいるよな」

「ええ。力丸《リキ》さん、六本木の『K』というクラブに行って、店の責任者に集団レイプ事件があったのかどうか裏付《ウラ》けを取りましょうよ。サリーに関する情報を得られたら、自称テレビタレントと接触してみませんか」

「そうしよう。サリーが本当は輪姦されていたのなら、野呂父子には弱みがあるわけだ」

「ええ。もしサリーと荒垣に間接的にでも接点があれば、力丸さんの筋読みはビンゴでしよう。荒垣は野呂査察部長から脱税の疑いのある納税者リストを手に入れて、そういう連中から口止め料を脅し取ってたと考えられますね」

「そう推測したんだが、真相はどうなのか。六本木に行く前に運転免許本部にデータ確認をしてみるよ。野呂優とサリーが免許を取得してれば、顔写真を送信してもらえるからな」

力丸は懐からポリスモードを摑み出した。

第四章　謎の恐喝相続人

1

ブラックライトが明滅している。

だが、ダンスフロアで踊っている客はわずか数人だった。器用な手つきでターンテーブルのレコードを回しているＤＪは、いかにも張り合いがなさそうな表情だ。

まだ時刻が早いせいだろう。午後七時半を回ったばかりだった。『Ｋ』だ。

力丸は相棒とともに通路で足を止めた。

すると、奥からボーイがやってきた。二十二、三歳だろうか。顔色がすぐれない。

「ごめんなさい。ここは、ホステスさんのいるクラブじゃないんですよ」

「わかってる。警視庁の者なんだ」

力丸は言った。相手が緊張した顔つきになった。

「店内で薬物《ドラッグ》の売買なんかされていませんよ。当店は健全なクラブですのでね」

「薬物のことできたんじゃないんだ。最近、サリーはどうしてるかな？」

「サリーが危《ヤバ》いことをやったんですか？」

「いや、ちょっと確認したいことがあるだけだよ」

「そうですか」

「この男は、いまも店に通ってる？」

力丸は、ポリスモードのディスプレイに野呂優の顔写真を表示させた。本庁運転免許本部から引き出した免許証用写真のコピーだった。

サリーこと亀井さとみは、運転免許証を取得していなかった。従って顔写真は入手できていない。

「優さんなら、以前は毎晩のように来てました」

ボーイがディスプレイを見ながら、そう言った。

「いまは店に来てない？」

「ええ。VIPルームでちょっと問題を起こしたんで、出禁《できん》になっちゃったんですよ」

「遊び仲間の二人と一緒にサリーと称してる女を輪姦したんじゃないのか？」

「知ってたんですか。サリーは、優さんたちに輪姦《マワ》されたと麻布署に訴え出たんで。でも、それは事実じゃないかもしれないんです」

「なにか根拠があるのかな?」

「ぼく、サリーがバッグからスキンの箱を取り出して優さんたち三人に一袋ずつ渡してるのを見ちゃったんですよ」

「だから、集団レイプされたと警察に駆け込んだのはおかしい?」

「ええ。優さんたちはサリーに嵌《は》められたんじゃないのかな」

「なぜ三人の男は罠を仕掛けられたと思う?」

尾崎が口を挟んだ。

「どうしてなのかわかりませんが、サリーは三人にスキンを配ってたんですから……」

「合意のセックスだったと解釈してもいいんだろうってことだね」

「はい、そうです」

「野呂優といつもつるんで遊んでたのは、元スタジオ・ミュージシャンとイタリアンの元コックだった奴らしいな」

「ええ。プロのギタリストだった通称グチさんの本名は樋口《ひぐち》だったと思うけど、下の名前までは知りません」

「そうか」

「グチさんはＣＤがまったく売れなくなって仕事が激減しちゃったんで、二人のキャバ嬢をうまく操《あやつ》って生活費と遊ぶ金を出してもらってるようです」

「男として最低の生き方をしてるな。もうひとりの遊び仲間についても教えてくれないか」

「モンスターというニックネームで、根岸《ねぎし》という姓だったかな。おたくみたいに体格《ガタイ》がよくて、顔に凄《すご》みがあります。それなのに、声は高いんですよ」

「そう。野呂たち三人が出禁にされたのは、ＶＩＰルームでナニしちゃったからなんだろうな」

「麻布署の人たちがサリーと一緒に店に来て優さんたち三人を連行していったんで、オーナーが三人を出禁にしたんですよ。サリーは出禁にはならなかったんですけど、例の騒ぎがあってからは顔を出さなくなりましたね」

「そうなのか」

「でも、西麻布の『Ｊ』という新しくオープンしたクラブにはちょくちょく顔を出してるって噂ですよ」

「ふうん。優たち三人は六本木から遠ざかってしまったのか？」

「そうなんですけど、赤坂のクラブなんかには遊びに行ってるようです」

ボーイが答えて、左手首の腕時計に目をやった。力丸は相棒を目顔《めがお》で制し、先に口を開いた。

「もう少し協力してくれないか」

「は、はい」

「サリーは、組員や半グレなんかと親しくしてるのかな?」

「そういう輩《やから》とは距離を置いてるみたいでしたが、彼女は酔ったおっさんをホテルに誘い込んで枕探しをやったり、昏睡《こんすい》強盗めいたことをしてるって噂があったんですよ。もしかしたら、その種の悪事のことをちらつかされて……」

「野呂優たち三人を罠に嵌めることを強《し》いられたんじゃないのか。きみは、そう思ったんだな?」

「そうです。優さんはただの遊び人ですけど、親父さんは東京国税局の幹部らしいんですよ。息子のスキャンダルを調べ上げれば、力のある父親を利用できるでしょ?」

「そうだろうな。しかし、グチとかモンスターまで罠に嵌める必要はないんじゃないのか」

「優さんだけをハニートラップに嵌めたら、狙いがバレバレでしょう?」

ボーイが言った。

「確かにそうだね」

「おそらくサリーは何か悪さをして、その弱みにつけ込まれたんでしょう。遊び友達の優さんたち三人を陥《おとしい》れることに迷いはあったんだろうけど、そうせざるを得なかったんじゃないのかな」

「サリーを見つけて、そのあたりのことを質問してみるよ。仕事の邪魔をして、ごめんな」

力丸はボーイに言って、出入口に足を向けた。すぐに尾崎が従《つ》いてくる。

二人は『K』を出ると、エレベーターで一階に降りた。エルグランドは飲食店ビルの近くの車道に駐めてある。

ミニパトカーがエルグランドの背後に駐められ、二人の女性警察官が捜査車輌のナンバープレートを覗き込んでいた。

「ご苦労さん！　職務中なんだよ」

尾崎が大声で女性警察官に告げた。片方がすぐに問い返した。

「ご同業でしょうか？」

「警視庁組対部の者だ。駐禁ゾーンであることはわかってたんだが、十分そこそこで聞き込みを終わらせるつもりだったんだよ。点数稼ぎたいって言うんなら、交通違反を認めるが……」

「いえ、いえ。失礼しました。どうかご容赦《ようしゃ》ください」

「そんなふうに謝ることはないよ。こっちが交通ルールを破ったんだから。迷惑をかけちゃったね」

尾崎が警察手帳を高く掲げ、ぺこりと頭を下げた。二人の女性警察官がきまり悪そうな表情でミニパトカーに乗り込んだ。

「二人とも仕事熱心だね。いい心掛けだが、ナンパしたくなるようなタイプじゃないな」

「力丸さん、どっちかが読唇術を心得てたら、ちょっとまずいでしょ？」

「そうだな」

力丸は笑ってごまかした。ミニパトカーが走り去った。

尾崎がエルグランドの運転席に入った。力丸は助手席に腰を沈めた。

エルグランドが走りだした。西麻布までは、ほんのひとつ走りだった。『J』というクラブは、真っ白な飲食店ビルの四階にあった。

「サリーが店にいるかどうか、自分が確認してきます。対象者《マルタイ》が店内にいたら、すぐ力丸《リキ》さんに教えますよ」

尾崎が言って、運転席を降りた。蟹股《がにまた》で、斜め前の飲食店ビルに向かう。

力丸はシートベルトを外し、背凭《せもた》れに上体を預けた。それから間もなく、有村理事官から電話がかかってきた。

「人事一課監察係の広瀬主任監察官は、警察学校で同期だったんじゃなかったか？」

「ええ、そうです。広瀬がどうかしました？」

「別居中の奥さんの脇腹を果物ナイフで刺して、所轄署に身柄《ガラ》を確保されたんだ」

「えっ!?」

力丸は絶句した。

「広瀬主任監察官は奥さんを実家の前の通りに呼び出して、浮気したんじゃないかと詰め寄ったようだ。奥さんは天地神明に誓って、夫を裏切るようなことはしていないと言い張ったらしい。さらに、奥さんを信じられないような夫とは結婚生活はつづけられないと強く離婚を迫ったみたいだね」

「それで、広瀬は逆上して隠し持ってた果物ナイフで……」

「そうなんだ。奥さんの傷は浅かったそうだが、通りかかった主婦が一一〇番したんで事件を揉み消すわけにはいかなかったんだろう」

「身内を庇う体質は改まっていませんが、隠し通せることじゃないですよね」

「広瀬主任監察官は取調室で、奥さんが同期に寝盗られたと疑ってるような供述をしたそうだ。相手に見当がついてるらしいんだが、浮気の証拠を握ったわけではなかったんで、奥さんを追及したみたいだな」

「同期の集まりの席で広瀬の奥さんと少し話したことがありますが、貞淑《ていしゅく》そうでしたよ。妻が不倫してると思い込んでるのは、広瀬の妄想なんでしょう」

「そうなんだろうか。出世欲の強い警察官は家族を顧みない傾向がある。広瀬主任監察官は上昇志向の塊《かたまり》だったようだから、奥さんは淋《さび》しさを紛《まぎ》らすために……」

有村は、みなまで言わなかった。

「浮気なんかできそうな奥さんじゃありませんでしたよ」

「そう」

「理事官は、こっちが広瀬の奥さんを誘惑したと疑ったんじゃないんですか」

「正直に言うと、ちょっぴりね。力丸君は女性好きなようだから」

「人妻に言い寄ったりしませんよ」

力丸は強く否定した。

広瀬遥とはディープキスをしたが、交わったわけではない。彼女が浮気を強く否定しているなら、波風を立てないようにしてやるべきだろう。

ただ、広瀬は刃傷沙汰《にんじょうざた》を起こしてしまった。夫婦が元の鞘《さや》に収まることは難しいのではないか。力丸は密かに自分の軽率な行動を悔やんだ。

「きみの言葉を信じよう。ところで、捜査に進展はあったのかな？」

有村理事官が訊いた。力丸は経過を報告し、刑事用携帯電話《ポリスモード》を懐に戻した。

その直後、尾崎が引き返してきた。

「まだサリーは店に現われていません。ほぼ毎晩、八時から九時の間に入店してるそうです」

「そうか。なら、車の中で待とう」

「店の従業員たちの話によると、サリーはマリファナや錠剤型覚醒剤ヤーバーをやってるみたいなんですよ」

「サリーが背後関係を素直に吐かないようだったら、薬物常習者として逮捕《パク》ると威《おど》しをかけるか」

「ええ、そうしましょう。それから、サリーは小金を持ってそうな中高年の男に色目を使ってホテルに誘い込んで、飲みものに強力な睡眠導入剤を入れて相手が寝込んだら、現金だけを抜き取り……」

「消えるんだな？」

「そうです。テレビの温泉巡り番組で入浴モデルを何度か務めたことはあるらしいんですが、とても芸能活動では生活できなかったんでしょう。だから、枕探しの類《たぐい》を重ねて、暮らしてるにちがいありませんよ」

「女は逞《たくま》しいな」

「本当ですね。でも、サリーのように開き直った生き方をできる女性はそんなに多くないと思いたいな」

「同感だね」

「力丸《リキ》さん、なんか様子がおかしいですね。何か心配事でもあるんですか？」

「特にないよ。ふだん通りだと思うが、少し焦りを覚えはじめてるんで、浮かない表情になってるのかもしれないな」

力丸は言い繕《つくろ》って、口を結んだ。

六本木通りの方向から髪をプラチナブロンドに染めた二十四、五歳の女が歩いてきたのは、八時二十分ごろだった。

「サリーが来たようだ。おれがうまくエルグランドの車内に乗せるから、尾崎は運転席にいてくれ」

力丸は相棒に指示して、静かに助手席を降りた。

きょうは夜風が生暖かい。夜半から雨が降るのか。力丸はゆっくりとサリーと思われる女性に近づいた。

「ナンパする気かもしれないけど、あたし、行くとこがあるのよ」

「その『J』で踊るつもりなんだろ？」

「なんで知ってるわけ!?」

「サリーこと亀井さとみさんだな」

「そうだけど、あなた、何者なの？」

「警視庁の者なんだ。受け答えがちゃんとしてるから、まだヤーバーは服《の》んでないようだな。マリファナ特有の強烈な香りも漂ってこない」

「ドラッグなんか何もやってないわ。おかしなことを言わないでちょうだいっ」

「そこまで言いきるなら、尿検査を受けてもらうぞ。マリファナやコカインは一両日で陽性反応が出なくなるが、ヤーバーを服んでたら、アウトだ」

「…………」

「薬物は大目に見てやってもいい。その代わり捜査に協力してもらうぞ。いいな！」

「きょうは厄日《やくび》だわ」

「時間は取らせないよ」

力丸はサリーの片腕を軽く摑んで、エルグランドに導いた。先に彼女を後部座席に押し入れ、そのかたわらに坐る。

「おたくたち、本当に刑事さんなの？」

サリーが尾崎に目を向けながら、訝《いぶか》しげに呟いた。

「自分、よくヤー公に間違われるんだよ」

「でしょうね。どう見ても、素人《トウシロ》じゃないもん」

「どうすればいいのかね」

尾崎が自嘲《じちょう》した。サリーが喉の奥で笑った。

「本題に入るぞ。きみは『K』のVIPルームで野呂優、樋口、根岸の三人に輪姦されたと麻布署に駆け込んだな？」

力丸はサリーに確かめた。

「うん、そう。あの三人とは遊び仲間だったんで、まさか強引に姦《や》られるとは思わなかったわ。すごくショックだった」

「本当は合意のセックスじゃなかったのか？」

「な、何を言ってるのよっ。あたしは、だいぶ酔ってたんで抵抗しきれなかったのよ。悔しかったわ」

「麻布署でもそう訴えたようだが、きみにとって不利になる目撃証言がある」

「え？」

「『K』の従業員のひとりは、きみが優たち三人にそれぞれスキンを手渡してるとこを目撃してたらしいよ。その証言で、集団レイプされたという供述は成り立たなくなるわけだ」

「あたし、三人にスキンなんか配ってないわ。いつもバッグに避妊具を忍ばせてたことは認めるけどね」

「きみが中高年の男に色目を使ってホテルに誘い込んで、枕探しや昏睡強盗を働いてるという情報も摑んでる」

「わっ、最悪！」

サリーがうなだれた。

「その気になれば、いつでも裁判所に逮捕状を請求できる。昏睡強盗に麻薬取締法違反が加われば、実刑判決は免《まぬか》れないだろう。そうなったら、数年は刑務所暮らしだな。クラブで踊ることもできなくなるよ。同房の先輩服役者たちにも、いじめられそうだな」

「いや！　あたし、刑務所なんかに入りたくない。どうすれば目をつぶってくれるの？　おたくたち二人に十万ずつ渡してもいいわ」

「ずいぶん安く見られたもんだな。そんな裏取引には応じられない。ただし、捜査に全面的に協力してくれるんだったら、司法取引で数々の犯罪は見逃してやろう」

「本当に⁉」

「ああ。『K』のVIPルームで野呂優たち三人に犯されたという話は嘘だったんだなっ」

「実は、そうなの。本当は合意のセックスだったんだけど、集団レイプされたと警察に駆け込んでくれとある人物に頼まれたのよ」

「誰に頼まれたんだ？」

力丸は早口で問いかけた。

「五十年配の商社マン風の男だけど、ベンツSL500に乗ってた。ひょっとしたら、素っ堅気じゃないのかもしれないな。その男は『K』の近くでわたしを待ち伏せして、おいしい話を持ちかけてきたの」

「先をつづけてくれないか」

「いいわ。その男は優のことを事前に調べ上げてて、あたしが彼ら三人とよく一緒に遊んでることを知ってるようだったな。それでね、ベンツに乗ってた男は優たち三人を集団レイプ犯に仕立ててくれたら、三百万円の謝礼を払うと札束をちらつかせたのよ」

「金に目が眩《くら》んで、その話を引き受けたわけだな？」

「そう。あたし、ちょっと気の利いたリビングソファを買いたかったのよ。だから、『K』のVIPルームで優たち三人にスキンを手渡したの。三人はヤリマン女に興味はねえとか言いながらも、順にのしかかってきたわ」

「その後、麻布署に駆け込んだのか？」

「うん、そう。まだVIPルームにいた優たちは麻布署に連行されて、そのまま留置されたの。だけど、三人が合意のセックスだったと主張したんで、あたしは体の検査はされなかったのよ」

「で、野呂優たち三人は嫌疑不十分ってことで翌々日に釈放されたんだ？」

「そうなの。仕掛けた罠がバレるんじゃないかと冷や冷やしてたけど、あたしが警察に呼び出されることはなかったわ。優のお父さんは東大出の官僚で、東京国税局の要職に就いてるみたいだから、警察に裏から手を回して……」

「事件をマスコミには発表しなかったんだろうな。夕刊紙が仮名で小さく報じたがね」

「細工のことが表沙汰にならなかったんで、あたしはほっとしたわ」

サリーが言った。少し間《ま》を置いて、運転席の尾崎が言葉を発した。

「ベンツに乗ってた依頼人は約束通り、そっちにちゃんと三百万円を払ってくれたのかな？」

「優たち三人を騙した夜、自分のマンションに戻ったら、夜道の暗がりに見覚えのあるベンツが駐まってたの。運転席には五十絡みの男が坐ってた」

「そいつは車から降りてきて、約束の金を払ってくれたの?」

「ええ、紙袋に入った帯封の掛かった札束を三束ね。領収証はいらないと言ったけど、自分の正体を探るような真似をしたら、若死にすることになると……」

「威《おど》されたんだな」

力丸は、相棒よりも早く口を開いた。

「そうなのよ。怕《こわ》い顔をしてたんで、震え上がっちゃったわ。でも、三百万は欲しかったんで、返す気はなかったけどね」

「しっかりしてるな」

「お金はいくらあっても、邪魔にはならないでしょ?」

サリーが乾いた口調で言った。

力丸は小さく苦笑して、上着の内ポケットからポリスモードを取り出した。手早くディスプレイに荒垣卓郎の顔写真を表示させる。

「あっ、ベンツに乗ってたのはその男だわ」

サリーが断言した。

「やっぱり、そうだったか」

「何者なの？」

「関東共進会の理事のひとりで、企業舎弟の社長だった男だよ。要するに、経済やくざだな。三月八日、この男の切断死体が新宿五丁目の廃ビルで発見されたんだ。その事件は大きく報道されたんだが……」

「あたし、新聞は購読してないの。テレビやネットニュースもめったに観《み》ないから、そういう事件のことは知らなかったわ」

「そうか」

「荒垣って経済やくざは、なんで殺されることになったの？」

「いろいろ悪事を重ねてるんで、敵が多かったようだ」

「だから、誰かに恨まれてたのかな」

「多分、そうなんだろう。ところで、野呂優たち三人は『K』から出禁を喰らったようだな。最近は六本木や西麻布では遊んでないのか？」

「風の便りによると、優たちは赤坂の田町《たまち》通りにある『ハスラー』ってビリヤード屋を溜まり場にして、周辺のクラブに出入りしてるみたいよ」

「そうか。もう解放してやろう」

力丸は先にエルグランドの後部座席から出た。

すぐにサリーが車を降り、『J』のある飲食店ビルに駆け込んだ。力丸は助手席に乗り込んだ。

「荒垣は野呂優を集団レイプ事件の主犯に仕立てて、父親の東京国税局査察部長から、大口の脱税の嫌疑をかけられてる人物の全リストを手に入れ、多額の口止め料をせしめてたんだろうな」

「そうなんでしょうね。推測通りなら、野呂父子と恐喝の被害者たちが怪しくなってくるな」

「尾崎《ザキ》、赤坂のビリヤード屋に行ってみよう」

「了解です」

尾崎がエルグランドを滑らかに走らせはじめた。力丸は軽く瞼《まぶた》を閉じ、捜査で確認した事実を頭の中で繋《つな》ぎ合わせはじめた。

2

煙草の煙が充満している。

『ハスラー』だ。ビリヤード台は六台あったが、客は三人だけだった。店員の姿は見当たらない。禁煙店ではなかった。

奥でナインボールに興《きょう》じている男たちの中に野呂優がいた。キューを構え、白球を撞《つ》こうとしている。写真よりもマスクがいい。

野呂の近くにいるのは、ギタリストと元コックだろう。樋口と思われる男は長髪をポニーテール風に後ろで束ねていた。かつてイタリアン・レストランで働いていたという根岸らしき男は、レスラーのような巨漢だった。

力丸たちコンビは奥のビリヤード台に近づいた。立ち止まったとき、白球を撞き終えた野呂が腰を伸ばした。

「六本木のクラブを出禁になってからは、もっぱら赤坂界隈で遊んでるようだな。きみは野呂優君だろう？　仲間は樋口と根岸だな」

力丸は確かめた。

「そうだけど、あんた、誰なんだ？」

「警視庁の者だよ。こっちは力丸、連れは尾崎って名だ」

「おれたち、危《ヤバ》いことなんかしてねえぜ。おれ、警官《マッポ》が大っ嫌いなんだ。威張り腐ってる奴を見ると、マジでぶっ殺したくなるよ」

「おれも」

根岸が同調した。すると、尾崎が叱りつけた。

「モンスターは黙ってろ」

「気やすくおれのニックネームを口にするんじゃねえ。ぶっ飛ばすぞ」

「でっけえが、動きは鈍そうだな。頭も悪そうだ」

「て、てめえーっ」

根岸が両腕を羆《ひぐま》のように掲げた。

尾崎が軽やかに踏み込んで、根岸の鳩尾《みぞおち》のあたりに拳を叩き込んだ。

根岸が呻いて、前屈みになった。尾崎が相手の太い首に手刀《しゅとう》打ちを見舞った。根岸が横倒しに転がる。

「ふざけやがって」

元スタジオ・ミュージシャンが、キューを尾崎に投げつけるような動きを見せた。力丸は緑色の盤面《ばんめん》から青球《あおだま》を掴み上げ、樋口の額めがけて放った。

まともに球を額に受けた樋口は唸《うな》って、後方によろけた。右手からキューが落ちる。

「刑事《デカ》が手荒なことをやってもいいって新しい法律ができたのかよっ。モンスターとグチに謝れ！」

野呂が吼《ほ》え、キューを槍《やり》のように構えた。

力丸は無言でキューを奪い取り、先端で野呂の喉笛を軽く突いた。野呂が蛙《かえる》じみた声を洩らし、尻餅をつく。

力丸はキューをビリヤード台の上に投げ捨て、野呂を掴み起こした。

「サリーこと亀井さとみが、関東共進会の企業舎弟の社長に頼まれて、おまえら三人を集団レイプ犯に仕立てようとしたことを認めたよ」

「やっぱり、おれたちはサリーに嵌められたんだな。あの女におかしなことを頼んだのは、どこのどいつなんだ。教えてくれねえか」

「仕返しする気か？」

「そうだよ。半殺しにしてやるっ」

「報復はできない。サリーを雇った『共進エンタープライゼス』の荒垣社長は先日、何者かに拉致されてから絞殺されたんだ。その後、首と両腕を切断された」

「その事件のことなら、ネットのニュースで観たな」

「荒垣とは、おまえら面識もないのか？」

「会ったこともねえよ」

「その言葉を鵜呑《うの》みにしてもいいのかな」

尾崎が野呂に探るような眼差しを向けた。いつの間にか、樋口と根岸は立ち上がっていた。気圧《けお》されたのか、どちらも力丸たちコンビをまともには見ようとしない。

「おれたちが荒垣って奴を殺《や》ったと疑ってるのかよっ」

野呂が尾崎を睨《ね》めつけた。

「そっちがサリーの背後に荒垣がいることを調べ上げて、仕返しをしたとも疑えなくはないよな？」

「冗談じゃない。おれはもちろん、グチやモンスターも荒垣なんて男はまったく知らねえんだぞ。サリーが誰かに操られてるのかもしれないとは思ったけどさ、別におれたちは黒幕を突きとめようとはしなかった。麻布署で性犯罪者扱いされたのは不愉快だったけど、サリーに誘われて三人はナニしたんだから、いずれ釈放されると確信してた。だから、そんなに焦りもしなかったよ。な、グチ？」

「そうだね」

樋口が相槌《あいづち》を打った。根岸も大きくうなずく。

「なんで罠を仕掛けられたか見当がつくか？」

力丸は野呂に問いかけた。

「おれたちは名声や富を摑んだわけじゃねえから、スキャンダルの主役に仕立てられても別に失うものなんかない」

「そうだな。しかし、親父さんの立場は悪くなるだろう。東京国税局の査察部長の息子が性犯罪の被疑者として起訴されたら、お先真っ暗になることは間違いない」

「あっ、おれの親父がキャリアの先輩たちの力を借りて警察や主要マスコミに集団レイプ騒ぎのことを伏せてもらったのか」

「そう考えてもいいと思うよ。警察はサリーに虚言癖があって過去に同じように所轄署に駆け込んだ事実を知ったんで、おまえらを嫌疑不十分で釈放したんだろう」

「当然だよ、合意のセックスだったんだから。ある意味で、おれたち三人は被害者だったんだ」

「ま、そうだな。しかし、集団レイプ騒ぎのことがマスコミで大々的に取り上げられたら、キャリア官僚の野呂貴史はイメージダウンになる。職場にも居づらくなるにちがいない」

「親父は芸能人じゃない。呼び捨てはちょっと失礼なんじゃねえか。ま、いいか。親父は、おれを三流人間だと軽蔑《けいべつ》してるみたいだから」

「期待外れの倅だったと落胆したかもしれないが、独りっ子のおまえには愛情を感じてるんだろう。自己保身だけで、スキャンダルを小さく留《とど》めたんじゃないと思うよ」

「そうかな」

野呂は小首を傾げたが、少し嬉しそうだった。親の愛情を感じ取ったのか。

「親父さんは息子の不始末を脅迫材料にされて、何かを強要されたんじゃないのかな。そういう気配はうかがえなかったか？」

「おれ、たまにしか家《ヤサ》に帰ってないから、親父と顔を合わせることはめったにないんだ。それはそうと、親父は誰かに口止め料を払えって脅迫されてたわけ？」

「いや、そうじゃないだろう。親父さんは査察部長だから、当然、大口脱税で東京国税局にマークされてる納税者リストを入手できる立場にある」

「おれが麻布署に連行されたことを脅迫材料にされて、親父は脱税常習者リストの写しを渡せと強要されてたのか。それ、考えられるな」

「そういうリストを欲しがったのが『共進エンタープライゼス』の荒垣社長だと考えれば……」

「おれの親父が犯罪のプロに企業舎弟の社長を始末させたんではないかと怪しんでるみたいだけど、そんな度胸も覚悟もないよ」

「しかし、エリートとして生きてきた人間は人一倍プライドが高いだろう。自分の子の不始末をとことん隠したくなるんじゃないのか。もちろん、築き上げてきたものが崩れることも避けたいという心理も働くだろうな」

力丸は言った。

「そうだろうけどさ、おふくろは親父が何かで頭を抱えてるなんてことは言ってなかったぜ。たまに親父と家で顔を合わせたときは、ふだんと変わらない様子だったよ」

「息子には困った顔を見せないようにしてたのかもしれないぞ。おふくろさんも極力、いつも通りにしてたとも考えられるな」

「そうなのかな。おれには判断がつかねえ」

「親父さんは、もう港区内にある戸建ての官舎に戻ってそうか？」

「この時刻なら、もう家にいると思うよ。酒は飲まないし、特に趣味もないからな。ほとんど毎日、夕方には帰宅してるんだ」

「そうか」

「親父がおれのことで誰かに悪質な脱税者リストを渡してたんなら、公務員として失格だ。父親が職を失うことになったら、おふくろはこっそりおれに小遣いを渡してくれなくなるだろうな。これからは、グチみたいに複数の女に貢《みつ》がせるか」

「おまえ、男だろうが！　ヒモみたいな生き方をしようなんて最低だぞ」

尾崎が顔をしかめながら、大声で窘《たしな》めた。

「いろんな人生があってもいいいんじゃないの？　男に貢ぐことが好きな女も世の中にはい

るんだ。他人がとやかく言うことじゃねえよ」

「なんて野郎なんだっ」

「おたく、考え方が古風すぎるな」

野呂がせせら笑った。尾崎が色をなした。

力丸は相棒を目顔でなだめてから、野呂に話しかけた。

「おまえら三人とも、叩けば埃《ほこり》が出そうだな。手錠《ワッパ》打たれたくなかったら、おれたちのことを親父さんに話すなよ」

「どうする気なんだ、親父をさ？」

「ちょっと捜査に協力してもらうだけだ。親父さんのスマホのナンバーを教えてくれ」

「わかったよ」

野呂が素直に質問に答える。力丸は私物のスマートフォンを懐から取り出し、教えられた電話番号を登録した。

「とんでもない刑事がいたもんだぜ」

根岸がぼやいた。樋口は口を尖《とが》らせたが、何も言わなかった。

力丸は薄く笑って、出入口に向かった。すぐに尾崎が肩を並べる。二人は『ハスラー』を出て、エレベーターで雑居ビルの一階に降りた。

外に出たとき、力丸の上着の内ポケットで私物のスマートフォンが震えだした。

「先に車に入ってます」

尾崎が気を利かせて、エルグランドに駆け寄った。力丸はディスプレイを覗いた。発信者は井村香奈だった。

「きょうの明け方、とってもエッチな夢を見ちゃったの。もちろん、パートナーは力丸さんだったわ」

「どんな夢を見たのかな」

「恥ずかしくて、とても口にできないわ。淫《みだ》らな夢を見たからだと思うけど、急にあなたに会いたくなっちゃったの」

「せっかくのお誘いだが、まだ残業をこなしてるんだよ」

「そうなの。わたし、いま銀座のワインバーで独り淋《さび》しく飲んでるの。遅くなってもかまわないから、どこかで会えない？」

「仕事がかなり溜まってるから、深夜一時過ぎまで社内にいなきゃならないだろうな。明日は午前九時から会議があるんだ」

力丸は澱《よど》みなく言った。とっさに思いついた嘘だった。

「そういうことなら、今夜は諦めるわ」

「悪いな。ごめん！」

「また、連絡するわ」

香奈が通話を切り上げた。

力丸の脳裏には、香奈の熟《う》れた裸身がにじんでいた。下腹部が熱を孕《はら》みそうになったが、いまは職務を優先しなければならない。

力丸は頭を小さく振って、スマートフォンを懐に戻した。エルグランドに走り寄り、助手席に乗り込む。

「力丸《リキ》さん、女性からのラブコールだったんじゃありませんか？」

「うん、まあ。今夜の捜査を切り上げたい気持ちだが、そうもいかない」

「なんなら、自分ひとりで野呂貴史の官舎に行って、探りを入れてみてもいいですよ」

「正攻法では、あまり収穫は得られないだろう。おれはブラックジャーナリストの振りをして、東京国税局の査察部長に鎌をかけてみるよ。とりあえず、白金台《しろかねだい》にある野呂の自宅に向かってくれ」

「了解！」

尾崎がエルグランドを発進させた。

目的の戸建て官舎まで二十分そこそこしか要さなかった。庭木の植わった二階建てだった。尾崎がエルグランドを民家の石塀に寄せて、手早くライトを消した。

力丸は上着の内ポケットから私物のスマートフォンを摑み出し、野呂貴史に電話をかけた。

スリーコール目の途中で、電話は繫《つな》がった。力丸は作り声で問いかけた。

「野呂査察部長だな、東京国税局の」

「そうですが、どちらさまでしょう？」

「名乗れない事情があるんで、自己紹介は省《はぶ》かせてもらうぜ。あんたんとこの息子の優が麻布署に連行されたことがあるよな、集団レイプ事件の主犯として」

「えっ!?」

野呂が声を裏返らせた。

「自称サリーって元テレビタレントに嵌められたんだよな、あんたの息子と遊び仲間の樋口と根岸は」

「話がよく呑み込めません」

「いまさら空とぼけても意味ないぞ。おれはサリーこと亀井さとみを雇った人物まで調べ上げたんだ」

「きみは強請屋《ゆすりや》みたいだな」

「人聞きの悪いことを言わないでくれ。これでも、フリージャーナリストなんだ。おれのことをブラックジャーナリストと思ってる人間が多いみたいだがね」

「………」

「断っておくが、こっちは弱みのある奴から銭を脅し取ったことはない。犯罪やスキャンダルの種《ネタ》を教えてもらって、ゴシップ雑誌に記事を書いてるんだ。あんたの息子がハニートラップに引っかかって麻布署に二泊させられたことをゴシップ雑誌に書く気はない。特ダネじゃないからな」

「ほんとかね」

「安堵《あんど》した様子だな。出来の悪い倅でも、我が子を庇《かば》ってやりたい気持ちはわかるよ。それだから、官僚《キャリア》のネットワークを使って輪姦騒ぎの火消しをしたんだよな。警察もマスコミも、大物政治家や官僚の圧力《アツ》には弱い。過去に表沙汰にならなかった事件はたくさんあるだろう」

「………」

「別にあんたを非難してるわけじゃないんだ。どんな親だって、わが子を護《まも》ってやりたいと思ってるにちがいない。あんた自身だって、エリート官僚でいたいと願うだろう」

「狙いはなんなんだ？」

「せっかちだな。サリーを使って野呂優たち三人を罠に掛けたのは、経済やくざの荒垣卓郎だった。関東共進会の理事のひとりで、『共進エンタープライゼス』という企業舎弟の社長を務めてた。しかし、先日、何者かに惨殺された。その事件のことは知ってるだろうな？」

「大々的に報じられたからね」

「荒垣は銭になるダーティー・ビジネスはたいがいやってた。投資詐欺、会社乗っ取り、商品の取り込み詐欺、手形のパクリ、ヤミ金融、企業恐喝と挙げたら、それこそキリがない。焦《じ》れてるようだから、本題に入るか」

「…………」

「荒垣は、あんたの息子の醜聞を脅迫材料にして、大口脱税の疑いのある連中のリストを渡せと言ってきたんだろ？　多額の税金逃れをしてる奴らから口止め料をせしめるためにな」

「…………」

「もう観念しないと、息子のことをゴシップ雑誌に書くぜ。そしたら、あんたの前途もアンハッピーになるだろう」

「待ってくれ、そうだよ。荒垣に脅迫されて、悪質な脱税者百名の氏名と連絡先のリストを教えてしまったんだ。おたくが言ったように、荒垣は大口脱税者から途方もない額の口止め料を脅し取ったにちがいない」

「だろうな。あんたは荒垣を生かしておいたら、やがて破滅するという強迫観念にさいなまれ、無法者たちに始末させたんじゃないのか。大阪の浪友会の仕業に見せかけてな」

力丸は鎌をかけた。

「そ、それは違う。荒垣のことは殺したいぐらいに憎んでたが、わたしは殺人教唆《きょうさ》なんかしてない。誰にも殺人依頼なんかしてないよ。嘘じゃない。本当なんだ」

「あんたの言葉に嘘がないとしたら、大口の脱税をしてる連中の中に犯人がいるのかな」

「そうなのかもしれない。とにかく、わたしは殺人事件には関与してないよ。どうか信じてくれないか」

「一応、信じてやろう。荒垣に渡したという脱税者のリストの控えは自宅にあるんじゃないのか？」

「あることはあるが……」

「そのリストを書類袋に入れて、自宅前の道端に置くんだ。そして、すぐに家の中に引っ込め」

「わたしに顔を見られたくないんだな」

「そういうことだ。十分以内に指示した通りにしろ！」

「ああ、わかったよ」

野呂が先に電話を切った。力丸は私物のスマートフォンを所定のポケットに収めると、相棒に車を二十数メートル後退させた。

五分あまり経過すると、野呂が官舎から姿を見せた。普段着で、サンダルを突っかけている。

野呂は茶色い書類袋を路上に置くと、すぐさま官舎の敷地内に戻った。その数十秒後、闇の向こうで人影が動いた。

暗がりに身を潜めていた黒ずくめの服装の男が路面から書類袋を掬《すく》い上げ、猛然と走りだした。正体不明の男は、密かにこちらの動きを探っていたと思われる。いったい何者なのか。

「おれを追ってきてくれ」

力丸はエルグランドの助手席から飛び出し、逃げる男を全速力で追跡しはじめた。エルグランドが従《つ》いてくる。

怪しい男の逃げ足は、恐ろしく速い。まだ若いにちがいない。

男は近くの脇道に走り入り、路地を風のように駆けていく。

力丸は懸命に疾駆《しっく》した。エルグランドは路地に入れなかった。脇道を迂回《うかい》して、向こう側の裏道に出るつもりらしい。

黒ずくめの男は民家の庭先に逃げ込み、真裏の家の敷地に入り込んだ。力丸は回り道をして、反対側の裏通りまで駆けた。

逃走中の不審者を待ち伏せする気だった。しかし、いっこうに姿を現わさない。どこか民家の敷地内で息を殺しているのだろうか。

力丸は物陰に隠れ、じっと待ちつづけた。

だが、足音は近づいてこない。このまま逃げられてしまうのか。力丸は悪い予感を覚えはじめた。

3

背後で車が停止した。

逃げた男が仲間を伴って引き返してきたのか。力丸は身構えながら、体を反転させた。

近くに停まっているのはエルグランドだった。緊張が緩《ゆる》む。

力丸は助手席に乗り込み、尾崎に経過を話した。

「しばらく待ってみたんだが、黒ずくめの男は姿を現わさないんだよ。そう遠くない所に隠れてると思うんだがな」

「もう少し待ってみますか」

尾崎が車のライトを消し、エンジンも切った。

「野呂がコピーしてくれた脱税常習者リストを横奪《ど》りした男は、まだ若いようだったな。多分、二十代だろう」

「そいつが大口の脱税をして、東京国税局の査察官《マルサ》に目をつけられてる当人とは考えにくいですよね。悪質脱税者に使われてる者なんじゃないですか。あるいは、金に弱い便利屋なのかもしれません」

「どっちにしても、東京国税局にマークされてる人物が背後にいるんだろう」

「と思います。力丸《リキ》さん、そいつが荒垣に何度も口止め料をせびられたんで……」

「荒垣を抹殺する気になったと考えてもいいだろうな」

「自分も、そう推測しました。金持ちからは税金をたくさん取ってもいいと思いますが、日本の所得税の税率は、住民税をプラスすると最高五十五パーセントになります」

「そうだな。法人税は約三十パーセントだったか」

「ええ、そんなもんですね。香港《ホンコン》は所得税の最高税率が十七パーセントで、法人税は十六パーセントちょっとです。シンガポールは所得税が二十四パーセント、法人税が十七パーセントだったかな」

「香港とシンガポールには、地方税、相続税、贈与税、キャピタルゲイン課税が存在しないんじゃなかったか」

「そうみたいですね。それだから、成功を収めたベンチャー起業家、外資系証券会社の幹部、資産のある熟年夫婦なんかが日本を捨てて、香港やシンガポールに移住してるわけです」

「富裕層ほど、高い税金は払いたくないんだろうな。おれはよく知らないが、脱税の主な手口は経費の水増し、赤字のグループ会社の付け替え、架空外注費などで所得をごまかし、納税額を低く抑えてるみたいだな」

「そうして浮かした利益を預貯金、金塊、デジタル株券、不動産、無記名の割引金融債などにしてるようです。そんな金の使途を査察官たちは〝たまり〟と呼んでるらしいですよ」

尾崎が講釈した。

「精《くわ》しいな。独身のころ、査察官《マルサ》の女とつき合ったことがあるんじゃないのか」

「ありませんよ。本で得た知識です。脱税者たちはそういう〝たまり〟を自宅の天井裏、貸金庫に隠したり、庭に埋めたりしてるようです」

「富裕層も苦労が多いな。そんな面倒なことをしたくないんで、海外のタックスヘイブンにペーパーカンパニーを設立して、資産を移す連中も増えたわけか」

「そうなんでしょう。ベンチャービジネスで成功した起業家が派手な脱税を重ねてたんで、東京国税局にマークされたのかな。殺された荒垣は強制調査前に大口脱税者たちから、高額の口止め料を無心しつづけたんじゃないですか。そんなことをしてたら、いつか逆襲されても不思議ではありませんよね」

「そうだな」

「黒ずくめの男がなかなか出てこないようだったら、もう一度リストを野呂の自宅の前の路上に置かせましょうよ」

「もう十分待っても逃げた奴が姿を見せなかったら、車を官舎のある通りに戻してくれ」

力丸は口を閉じた。

十分が経過したが、虚《むな》しい結果になった。尾崎がエルグランドを発進させる。力丸は野呂宅から四十メートルあまり離れた暗がりに車を停止させ、懐から私物のスマートフォンを掴み出した。

手早く野呂に電話をする。待つほどもなく査察部長と通話ができるようになった。

「こっちの声に聞き覚えはあるな。せっかく例のリストの写しを官舎の前の道端に置いてもらったんだが、黒ずくめの男に書類袋ごと横奪《ど》りされてしまったんだ」

「本当に？」

「ああ。リストに載ってる人物のうちの誰かに雇われた奴が書類袋を持ち去ったと思われる。その雇い主は脱税してる弱みにつけ込まれて、荒垣に際限なく強請《ゆす》られてたんじゃないのかな」

「その相手はいつまでも金を毟《むし》られてはたまらないんで、第三者に荒垣を葬らせたんだろうか」

「そう考えてもよさそうだな」

「そうだったとしても、普通の金持ちが関東共進会の理事だった荒垣を亡き者にするだけの度胸はないと思うが……」

「度胸はなくても何か手を打たなければ、そいつは経済やくざに骨までしゃぶられることになるだろう」

「おそらくね」

「査察部にマークされてた大口脱税者の中に闇社会と繋がってるような人間は？」

「そこまではわからないが、アプリソフトの開発で急成長したＩＴ系ベンチャー起業家の佐竹啓輔《さたけけいすけ》は二十代の後半まで半グレ集団に属してたと部下に報告されてたな」

「その佐竹は現在、いくつなんだい？」

「四十一、二のはずだよ。アプリソフトの開発費用を非合法ビジネスで捻出してたようだから、追いつめられた佐竹が逆襲に出たのかもしれない」

「佐竹の個人情報はリストに載ってるな？」

「ああ、それはね。しかし、佐竹は奥さんと別居中で六本木の自宅マンションには一年以上も前から帰らず、銀座でクラブホステスをやってた愛人宅で暮らしてるんじゃなかったかな。その彼女の名前までは思い出せないが、目黒区青葉台《あおばだい》の大きな借家に住んでるみたいだな」

「そうか。マークされてる大口脱税者のリストの写しをもう一度、自宅の前に置いてくれないか」

「わかった。いや、わかりました」

野呂が電話を切った。力丸は通話内容をかいつまんで尾崎に話し、私物のスマートフォンを上着の内ポケットに収めた。

野呂が官舎から出てきたのは十数分後だった。書類袋を道端に置き、すぐに自宅に引っ込んだ。

「車を出しましょうか？」

尾崎が訊いた。

「いや、もう少し時間を遣《や》り過ごそう。野呂が庭から外の様子をうかがって、ブラックジャーナリストと称したこっちの正体を突きとめる気になったかもしれないからな」

「考えられますね。自分らの素姓を知られたら、面倒なことになりかねません。力丸さん、どのぐらい待ちます？」

「十五分ほど時間をおくか」

力丸は言った。尾崎が黙ってうなずく。

やがて、十五分が経過した。尾崎がエルグランドのエンジンを始動させ、低速で官舎に向かった。野呂宅の斜め前で、車は静かに停められた。

力丸はそっと助手席を降り、路上に置かれた書類袋を拾い上げた。中身を検《あらた》める。間違いなく、査察部にマークされている人物リストが入っていた。

力丸は車内に戻った。

尾崎が穏やかにエルグランドを走らせはじめ、二百メートルあまり先の路肩に寄せた。両脇には邸宅が連《つら》なっている。

力丸はルームランプを点け、書類袋からプリントの束を引き出した。百人分の個人情報が記載され、だいぶ厚みがあった。

力丸は手早くプリントを捲《めく》って、真っ先に佐竹啓輔のデータに目を通した。

ベンチャー起業家が代表取締役を務めている会社の本社は、渋谷区宮益坂《みやますざか》にあった。佐竹の自宅マンションは港区六本木二丁目にあるようだ。

愛人の名は氏家《うじいえ》詩織《しおり》で、二十九歳だった。詩織の自宅の現住所も記されている。だが、佐竹と詩織の顔写真は載っていなかった。

「会社名は『アプリフロンティア』だな。佐竹はどんな面《つら》をしてるんだろうか。ちょっとホームページを覗いてみます」

尾崎が自分のスマートフォンで検索した。『アプリフロンティア』のホームページには、佐竹社長の顔写真も掲げられていた。

力丸はディスプレイに目をやった。

佐竹は、やんちゃ坊主がそのまま大人になったような面相だった。童顔だが、いかにも気は強そうだ。野獣のような目をしている。

「非行少年《ヤンキー》上がりって感じですね。佐竹がまだオフィスにいるかどうか確認してみます」

尾崎がホームページを見ながら、『アプリフロンティア』に電話をかけた。友人に成りすまして、佐竹が社内にいるか訊いた。

「もうだいぶ前にオフィスを出て、異業種交流パーティー会場に向かわれたんですね？」

「…………」

「そのパーティー会場を教えてもらえませんか。佐竹に直《じか》に伝えたいことがあるんですよ。ええ、電話やメールではまずいんです」

「…………」

「その理由ですか？　わかりました。教えましょう。仕手集団が相場操縦を企《たくら》んでて、『アプリフロンティア』のイメージダウンを狙ってるんです」

「…………」

「悪い冗談なんかじゃありません。その仕手集団を陰で操ってるのは、関西の会社乗っ取り屋なんですよ。いわゆる会社喰《マージャー》いですね」

「…………」

「その通りです。『アプリフロンティア』が急成長したんで、狙われたんでしょうね。名前ですか。わたし、中村一郎《なかむらいちろう》といいます」

「…………」

「偽名っぽいと言われましたが、本名なんですよ。それでも、佐竹の居場所は教えていただけませんか。まいったな。そういうことなら、佐竹にメールを送ってみます。どうもありがとうございました」

尾崎が通話を切り上げた。力丸は早口で相棒に問いかけた。

「相手に怪しまれたようだな？」

「そうみたいですね。佐竹の愛人宅に固定電話があるかもしれません。ちょっと調べてみます」

尾崎が裏技を使って、氏家詩織の自宅の固定電話の番号を探り出した。

すぐに彼は先方に電話をした。さきほどと同じ手で、愛人に佐竹のスケジュールを訊いた。

詩織は、佐竹の予定は教えてもらっていないようだ。尾崎が溜息をついて、通話を切り上げた。

「愛人もパーティー会場を知らないみたいだな」

力丸は言った。

「そうなんですよ。でも、帰りが午後十二時を過ぎるようなときは、いつも夕方には佐竹から連絡があるらしいんです。きょうは電話がなかったというから、その時刻までには愛人宅に戻るんでしょう」

「そうなんだろうな。青葉台の氏家宅の近くで待機するか。佐竹が姿を見せるまで、リストに載ってる連中に片っ端から揺さぶりをかけてみよう。ぼんやりと佐竹の帰りを待ってるだけでは時間が無駄だからな」

「そうですね」

尾崎がエルグランドをゆっくりと走らせはじめた。

幹線道路は空いていた。氏家宅まで二十分ほどで着いた。佐竹の愛人宅は、モダンな造りの邸宅だった。家賃は月百万円前後なのではないか。

エルグランドは、氏家邸のガレージの十数メートル手前の暗がりに駐められた。コンビはそれぞれ私物のスマートフォンを使って、大口脱税者に電話で揺さぶりをかけはじめた。どちらも恐喝屋を装って、電話をかけまくった。

力丸は最初に男性から女性となった美容家に鎌をかけた。

脱税の疑いを持たれた相手は東京国税局査察部の調べによると、テレビショッピング専門チャンネルの番組でオリジナル基礎化粧品を販売し、ほぼ毎年およそ十二億円の売上をキープしているようだ。

しかし、原材料費、広告宣伝費、人件費などを大幅に水増しして、過去三年間で七億八千万円の所得を隠した疑いがあるらしい。美容家は大田区田園調布《でんえんちょうふ》の豪邸に住み、四台の超高級外車を所有しているそうだ。

力丸は電話相手に東京国税局がマークしていることを告げ、まず反応をうかがった。

美容家は驚きの声をあげ、一千万円の口止め料を払うと口走った。さらに査察部の幹部職員を抱き込んでくれたら、三千万円の成功報酬を渡すと狼狽《ろうばい》気味に話を持ちかけてきた。

「あんたが脱税してるって情報は、先日殺された荒垣卓郎が教えてくれたんだよ。あの旦那に億単位の大金をせびられたんだろうな」

「誰よ、荒垣って?」

「空とぼけるなって。おれは荒垣ほど強欲じゃないから、二千万で査察官《マルサ》を丸め込んでやるよ」

「本当なら、嬉しいわ。わたし、自宅にいるのよ。すぐ来てもらえない? 金庫にいつも五、六千万の現金を入れてるの」

「儲けてるんだな。二時間以内には田園調布の邸宅を訪ねるよ」

力丸は適当に話を合わせて、通話を切り上げた。

心証はシロだった。美容家は荒垣の事件には関与していないだろう。

次に揺さぶりをかけたのは、数人のアイドルを抱えている中堅芸能プロダクションの男性社長だった。スカウトマン上がりの四十七歳の社長は物腰がソフトだ。

しかし、査察部の調査によると、きわめて金銭欲は強いらしい。社長は所属タレントやスタッフにちょくちょくカラ出張させ、交通費、日当、宿泊費などの名目で架空経費を計上していた。

それだけではない。まったく実体のない子会社を三つも設立し、自分の身内たちを役員や監査役にして報酬を払ったことにしていた。言うまでもなく、目的は売上の圧縮だ。そうした悪質な脱税は、六年も前から行なわれていたらしい。

「おたくが六年も脱税してることは、『共進エンタープライゼス』の荒垣社長から教えてもらったんだよ」

「なんだって!? 荒垣は汚い奴だ。わたしから一億円を脅し取ったくせに、おたくに会社の弱みを言い触《ふ》らしてたなんて」

「たかられたのは、一度だけじゃないんだろ? 荒垣社長は二、三回、甘い汁を吸わせてもらったと言ってたから」

「それは事実じゃない。はったりだよ。口止め料をせびられたのは一度だけだったんだ」

「そうなのか」

「新規事業に内部留保をそっくり投入したんで、どんなに凄《すご》まれても金は出せないぞ。東京国税局が当社をマークしてるんだったら、口止め料は無駄になる。所得税法違反で逮捕されたら、なんとか追徴金を払うよ。忙しいんだ」

芸能プロダクション経営者がうっとうしげに言い、荒っぽく受話器を置いた。この男もシロだろう。

三番目に電話をかけたのは、宗教法人を名乗る六十代の教団主だった。かつてラブホテルを経営していた怪しげな人物だ。

教団の本部は八王子《はちおうじ》市内に置かれているが、宗教施設はない。信者を見かけた者もいないそうだ。ただ、観音堂の建立《こんりゅう》はされているらしい。

教団主は休眠状態の宗教法人を買い取って、税逃れをしているのだろう。それを裏付けるように、怪しげな各種のお守りや宗教画を販売している。そうしたもので得た所得には課税されない。

教団主は広大な土地を所有している。あちこちに観音像を置き、固定資産税などを免れているのではないか。宗教法人名義の所有地を転売しても、重い譲渡所得税は課せられないのだろう。

力丸はエセ宗教家と思われる人物に電話をしてみた。だが、先方のスマートフォンの電源は切られていた。

次に都内に十店の多国籍パブを経営している五十代の男に電話をかける。そのオーナーはホステスたちの給料から天引きした源泉所得税をそっくり着服し、白人ホステスに客との売春を強要していた。そして、売春の売上の半分をマネージメント料という名目で搾取《さくしゅ》しているようだ。

和久井《わくい》仁《ひとし》という名だった。力丸は電話が繋がると、いきなり荒垣の名を口にした。

「あんた、荒垣の舎弟だな。おれから四回も口止め料を取っといて、さらに恐喝相続人を用意してたのか。トータルで一億二千万も荒垣に脅し取られたんだぞ。もう一円も払う気なんかない！」

「あんたが荒垣を殺し屋《プロ》に片づけさせたんじゃないかと思って、電話したんだよ。どうなんだ？」

「荒垣のことは憎んでたが、おれは事件には絡んでないっ」

「そうかな」

「疑い深い野郎だ！」

和久井が怒鳴って、電話を切った。シロとは言い切れない気がする。場合によっては、和久井をよく調べてみる必要があるだろう。

力丸はそう思いながら、リストに目をやった。

4

喉がくっつきそうだ。ひっきりなしに大口脱税者に電話で探りを入れつづけたせいだろう。声も嗄《しゃが》れている。

力丸はペットボトルのキャップを外し、ミネラルウォーターを飲んだ。

エルグランドの車内だった。あと七分ほどで、午前零時を回る。だが、佐竹啓輔は依然として愛人宅に戻ってこない。

「喉がカラカラになっちゃいました」

尾崎が言って、ペットボトル入りの日本茶を一息に喉に流し込んだ。

コンビは、ついさきほど脱税で東京国税局にマークされている者たち五十人ずつに電話をかけ終えた。

「自分が探りを入れた五十人は荒垣に電話で直に脱税の件で強請《ゆす》られ、おのおの三千万から一億円の口止め料を指定された銀行口座に振り込んでます」

「その口座は『共進エンタープライゼス』のものだったのか？」

力丸は相棒に問いかけた。

「いいえ、違います。個人名義だったそうですが、荒垣の口座ではなかったということでしたね」

「荒垣は恐喝で検挙《アゲ》られることを恐れ、口座屋から失業者やホームレス名義の口座を買い取って、そこに口止め料を振り込ませたんだろう。そうすれば、足がつきにくくなるからな」

「ええ」

「こっちが探りを入れた連中も、『共進エンタープライゼス』や荒垣個人の口座には振り込んでないようだった。佐竹については、まだ未確認だがね」

「力丸さん、自分が電話した五十人のうち十三人は口止め料を二回以上も毟《むし》られたとぼやいてました。荒垣は欲が深かったんだな。ただ、二度目、三度目に口止め料を要求してきたのは荒垣自身じゃなかったというんですよ。荒垣の代理人と称する男から電話があって、口止め料の現金《ゲンナマ》を映画館の指定した席に置いて立ち去れと指示されたそうです」

「そうなのか」

「荒垣は自分がダイレクトに何度も脅迫電話をすると、被害者たちに狙われると考えたんでしょうか。それで、手下の者に口止め料を取りに行かせたんですかね」

「そうとも推測できるが、荒垣がそこまで用心深かったら、自分で大口脱税者に電話をして口止め料を他人名義の口座に振り込ませたりするだろうか」

「荒垣は強請《ゆす》りなんか働いてない？」

「いや、一回は大口脱税者に電話をして荒垣が口止め料を要求したんだろうな。しかし、口止め料の二重、三重取りはしてなかったのかもしれない。相手が堅気だって何度も強請られたら、逆襲する気になるじゃないか」

「そうでしょうね。荒垣に何度もたかられた者が殺し屋か誰かに脅迫者を始末させたんじゃないのかな」

尾崎が言った。

「そんなふうに筋を読むこともできるが、荒垣の代理人と称して口止め料を二度も三度もせびった奴は『共進エンタープライゼス』とはまるで関わりのない人間だったんじゃないのか。被害者を恨んでた者は少なくないはずだからな」

「なるほど、そういう推測もできますね。それはそうと、力丸さんが当たった脱税常習者の中に口止め料を二度、三度とせびられた人間はいなかったんですか？」

「都内で多国籍パブを経営し、白人ホステスに売春をさせてる和久井仁という五十二歳の経営者が四回も口止め料をせびられて、総額一億二千万円も払わされたと言ってたよ」

「そうですか」

「和久井は、おれのことを恐喝相続人と疑ってた。ということは、荒垣が死んだ後に和久井から口止め料をいただこうとした者がいたにちがいない」

「恐喝代理人ではなく、恐喝相続人という言い方を和久井という男がしたんなら、力丸さんの推測は正しいんでしょう」

「荒垣には敵が多かっただろうが、東京国税局の野呂査察部長から脱税の疑いを持たれてる者のリストを入手したことを知ってる人間は限られると思うんだが」

「そうなんですが、『共進エンタープライゼス』の社員たちは荒垣社長に忠誠心を持ってたと思います。だから、故人に無断で口止め料の二重、三重取りをするようなことはしないでしょう」

「だろうな。荒垣は関東共進会の理事のひとりだったんだ。部下が故人に罪を被せるようなことをしたら、そいつを生かしちゃおかないだろう」

「自分も、そう思います。荒垣はいろいろ悪いことをしてきたんで、恨みを持つ者が復《ふく》讐《しゅう》のチャンスをうかがってた。で、故人が東京国税局の野呂から脱税で目をつけられてる連中のリストを手に入れたことを知って……」

「そいつが荒垣の恐喝代理人と称して、口止め料を何度も大口脱税者たちから脅し取ったんだろうか」

力丸は、相棒の言葉を引き取った。

「そうなのかもしれませんよ。『アプリフロンティア』の佐竹社長が荒垣に五億、十億円といった多額の口止め料を払わされたとしたら、犯行動機はあると思います」

「佐竹が愛人宅にやってきたら、少し締め上げてみよう。こっちの正体を明かしても、荒垣に強請られたことを素直に認めるとは思えないからな」

「でも、もう荒垣はこの世にいないんですよ。被害事実を認めそうですけどね」

「脱税のことが表沙汰になったら、急成長した『アプリフロンティア』の企業イメージが大きくダウンするじゃないか」

「なるほど、そうでしょうね。合法捜査では前に進めないだろうな。だったら、自分らは恐喝屋にでも化けますか？」

「そうしよう」

「了解！」

尾崎が口を閉じた。

その数秒後、力丸に有村理事官から電話がかかってきた。

「例の浪友会の幹部用金バッジのことなんだが、模造品じゃなかったよ。本物と思われたんで、本庁機捜はチェックしなかったんだが、新宿署刑事課のベテラン捜査員が調べてみたらしいんだ」

「それで、遺留金バッジの持ち主は誰だったんです？」

「浪友会の舎弟頭補佐の宮越彰次《みやこししょうじ》、五十一歳だよ。宮越は殺人未遂で一年前から服役中なんだが、内妻が生活に困って四十代半ばの自称星野《ほしの》に幹部用金バッジを二百万円で売ってしまったらしいんだ」

「星野と称した男について、何か情報はあるんでしょうか」

「宮越の内妻の証言によると、自称星野は東京で競売物件を買って転売してるらしいんだ。昔と違って現在はネット入札ができるようになったんで、おいしい不動産が素人に落札されるケースが多くなってるそうだよ」

「自称星野は落札者を訪ねて、買った競売物件を安く譲ってくれないかと話を持ちかけてるんでしょうね」

「そうみたいだな。しかし、どんな相手も簡単にうなずいてはくれないだろう。だから、浪友会の幹部用金バッジを手に入れて、星野と名乗った男は関西の極道に見せかけたかったんじゃないのか」

「多分、そうなんでしょう。自称星野には関西弁の訛《なまり》があったんですかね」

「いや、標準語を喋ってたそうだよ。それから、どうもウィッグを被ってたらしい。生《は》え際《ぎわ》が不自然だったんで、宮越の内縁の妻はそう思ったという話だったな」

「その内妻は、宮越がシャバに出てきたら、どう言い訳するつもりなんだろう？」

「空き巣に浪友会の幹部用金バッジを盗まれてしまったとひたすら詫びる気でいるみたいだよ」

「そうですか。バッジを売らなきゃならないほど、生活が苦しかったんだろうな」

「宮越の内妻はスーパーのバックヤードで働いてるそうなんだが、あまり健康じゃないようなんだ。それで、月に十日は仕事を休んでるらしい」

「自称星野は宮越が服役中であることを知ってたんですから、警察関係者、刑務官、やくざと考えてもよさそうですね」

力丸は呟いた。

「荒垣に恨みを持つ経済マフィアが浪友会の犯行に見せかけて、『共進エンタープライゼス』の社長を片づけたんじゃないのか。力丸君、荒垣と反目していた経済マフィアを徹底的に洗い直してみてくれないか。荒垣は素っ堅気ではない男たちに拉致されて監禁されてから、殺害されたんだ。その前に拷問されていた。残忍な手口で惨殺されたんだから、裏経済界で何かトラブルがあったんじゃないのかね。そのあたりも調べてほしいな」

「わかりました」

「その後の経過を手短に教えてもらえないか」

有村理事官が言った。力丸は経過をかいつまんで報告した。

「荒垣の代理人と称して、脱税の疑いをかけられてる連中から口止め料を二度も三度も脅し取った奴がいたのか。やっぱり、荒垣を殺したのは経済マフィア臭いね」

「そうなんでしょうか」

「力丸君は、異なる推測をしてるようだな」

「そう言える根拠はないんですが、何かからくりがありそうな気がしてるんですよ」

「そう。脱税のことで、荒垣に口止め料を脅し取られた者が逆襲する気になったんだろうか」

「その疑いもゼロではないでしょうが、恐喝相続人が事件の謎を解く鍵を握ってるんではないでしょうか」

「そうなのかな。そうそう、江角部長がきみら二人を力づけてやってほしいとおっしゃってた」

「そうですか」

「焦らせるわけではないが、刑事部長が焦《じ》れて合同捜査に踏み切らせようとする前にコンビで事件を解決してくれるとベストだね。大変だろうが、よろしく頼むよ」

有村理事官が電話を切った。力丸はポリスモードを懐に戻し、尾崎に通話内容を伝えた。

「大阪府警の中西刑事に例の幹部用金バッジのことを調べてもらうべきでしたね。そうしてれば、自称星野のことはとうにわかってたかもしれないでしょ？」

「おれの判断ミスだったな。何も中西刑事に動いてもらわなくても、星野と称した正体不明の男が服役中の宮越彰次の内妻から問題のバッジを二百万円で買い取ったことは調べ上げられただろう。大阪まで行ったというのに、なんてことだ」

「班長、そんなにご自分を責めないでください。自分、力丸さんを非難してるわけじゃないんですから」

「わかってるよ」

「自称星野が荒垣の代理人と偽って、東京国税局に怪しまれてる金持ちたちから口止め料を二度、三度とせびってたと考えてもいいんじゃないですか」

尾崎が言った。

「多分、そうなんだろうな」

「そうなってくると、荒垣と何かで揉めたことのある経済マフィアが本件の犯行《ヤマ》を踏んだのかもしれないな。『共進エンタープライゼス』の稲富専務たち役員が荒垣と仲違《たが》いしてたという情報はありませんでしたので」

「そうだったな。捜査を進めたら、かえって筋が読みにくくなった。単純に思えた事件《ヤマ》だったが、真相を暴《あば》くまでもう少し時間がかかりそうだな」

力丸は吐息をついた。会話が途切れ、沈黙が車内に落ちた。

氏家宅の前にタクシーが停まったのは午前一時近い時刻だった。コンビは相前後して目を凝《こ》らした。

タクシーの後部座席から降り立ったのは、間違いなく佐竹啓輔だった。力丸は変装用の黒縁眼鏡をかけ、先に助手席から離れた。尾崎がハンチングを目深《まぶか》に被って、運転席から出てきた。

ちょうどそのとき、タクシーが走りだした。

力丸は佐竹に駆け寄って、行く手に立ち塞《ふさ》がった。相棒が佐竹の背後に回り込む。

「な、何なんですっ」

佐竹が顔をしかめた。少し酒臭かった。

「異業種交流パーティーに出席した後、話の合った起業家と高級クラブに回ったのかな。それから、愛人宅にやってきた。そうだよな？」

力丸は言った。

「名乗りもせずに、いきなりそんなことを言うなんて失礼にも程があるぞ」

「十代のころは、ちょっとグレてたんだろうな。その名残《なごり》があるよ。おれも高校生のころに横道に逸《そ》れたんで、同じ臭いがするんだ」

「どこの誰なんだっ」

「自己紹介はできない。ダーティーなことでシノいでるんでな」

「筋を嚙んでるようには見えないが……」

「恐喝屋だよ。後ろに立ってるのは、おれの助手だ。奥さんとは別居状態で、元クラブホステスの氏家詩織を囲ってる。ほとんど愛人宅で生活してることもわかってる」

「女性関係のスキャンダルを種《ネタ》にしてる小物の悪党《ワル》か。妻はわたしが詩織の面倒を見てることも知ってるんだ。役員や幹部社員たちもわかってるよ」

「そうかい」

「愛人問題がスキャンダルになる時代じゃない。おとなしく退散しないと、一一〇番するぞ」

佐竹が目を尖らせた。

「確かに銭を摑んだ男たちは、たいがい愛人を囲ってる。それだけエネルギッシュなんだろうな、会社経営者たちは。愛人がひとりや二人いたって、別にスキャンダルにはならないか」

「数十万の小遣いなら、二人にくれてやってもいいよ」

「この野郎、なめんじゃねえ！」

尾崎が気色《けしき》ばみ、佐竹の右腕を捩《ね》じ上げた。すかさず左の太い腕を喉元に喰い込ませる。

佐竹が上体を反《そ》らせ、苦しがった。

「でけえ口をたたいてると、裸絞めで落とすぞ。おれたちは下半身スキャンダルなんかで恐喝《カツアゲ》なんかしない」

「企業不正なんかないぞ、『アプリフロンティア』にはな」

「そう言い切ってもいいのかっ」

「もちろんさ」

「図太いな」

尾崎が呆れ顔で言い、口を結んだ。

「東京国税局は、おたくの会社がさまざまな方法で脱税してきた証拠を握ってる。そう遠くないうちに、査察部の強制調査が入ることになってた。もちろんオフィスだけじゃなく、社長宅や愛人宅も隅々まで調べ上げるつもりなんだろう」

力丸は佐竹の顔を見据えた。

「そ、それがどうだと言うんだっ」

「まだ虚勢を張る気か。いつまでも強がってると、本当にチョーク・スリーパーで眠らせるぞ。下手したら、永久に意識は戻らない。さんざん人生をエンジョイしたんだろうから、若死にしても悔いはないんじゃないか」

「冗談じゃないっ。百歳は無理でも、九十六、七まで生きる気でいるんだ」

「だったら、おれを怒らせないほうがいいな。『共進エンタープライゼス』の荒垣卓郎社長は知ってるだろ?」

「どこかで聞いた名だが、とっさには思い出せないな」

「軽くチョーク・スリーパーをかけます」

尾崎が力丸に言い、左腕で佐竹の喉を圧迫した。佐竹が目を白黒させて、くぐもった声で力丸に何か哀願した。

「言葉が不明瞭で聞き取れないな」

「し、知ってるよ。会ったことはないが、荒垣には電話で……」

「大口脱税のことで強請られたんだな?」

力丸は佐竹に確かめ、相棒に目配せした。尾崎が黙ってうなずき、左腕の力を緩めた。

佐竹が肺に溜まった空気を勢いよく吐き出し、意味不明な言葉を口にした。尾崎は左腕の力を抜いたが、裸絞めは解かなかった。

「荒垣が指定した他人名義の口座にいくら振り込んだんだ？」

「それは……」

「諦めが悪いな。おれは割に短気なんだよ。連れに強烈なチョーク・スリーパーをかけさせるぞ。裸絞めで殺されてもいいのかっ」

「わかったよ。振り込んだのは三億円だ。会社の金ではなく、わたしのポケットマネーで口止め料を払ってやった」

「三億はポケットマネーだったって!?」

「そうだ。売上高を右肩上がりに伸ばしてきたから、わたしの年俸も多いんだよ」

「ま、いいや。荒垣は不正の証拠をおたくに届けてきたのか？」

力丸は畳みかけた。

「いや、そういう物は郵送してこなかったよ。しかし、会社とわたし個人の両方が税をごまかしてたことは事実だったんでな。それに……」

「それに？」

「荒垣が関東共進会の理事のひとりだとわかったんで、後で面倒なことになるのは厭《いや》だったんだよ。首都圏で最大の組織に頼めば荒垣を撃退させられたんだろうが、裏社会に借りを作ると、いいことないからな。だから、荒垣に口止め料を払ってやったんだ」

「その後、荒垣自身からの追加要求は？」

「そういうことはなかったよ。しかし、半月ほど経ったころ、荒垣の代理人と名乗る男から電話があって、さらに一億円を別名義の口座に振り込めと命じられたんだ。わたしは便乗恐喝かもしれないと思ったんで、警察に駆け込むと言い返したんだよ。そうしたら、相手は慌てて電話を切った」

　佐竹は得意顔で言った。

「荒垣の代理人と称した男の声で、おおよその年齢は察しがついたんじゃないのか？」

「わからなかったな。ボイス・チェンジャーを使ってたみたいで、声がクリアじゃなかったんだ」

「そうか」

「いくらか口止め料を出さなければ、会社とわたしの脱税のことをマスコミにリークするんだろうな。二人に一千万か、二千万ずつ渡してもかまわないよ」

「チンピラ扱いしやがって。そんな端金《はしたがね》を貰っても仕方ない」

「金が目的じゃなかったのか？」

「愛人の氏家詩織を提供してもらおうか」

「それは駄目だ。よし、二人に一億円ずつ支払おう。それで、手を打ってくれないか」

「金はいらない。気が変わったんだ。愛人の待つ家に入っていいよ」

力丸は言った。

佐竹は狐に摘《つま》まれたような表情で、力丸を見つめ返してきた。尾崎が無言で佐竹から離れた。

「本当にもう解放してくれるのか？」

佐竹が力丸に念を押した。

「ああ」

「でも、恐喝屋なんだよな？」

「そうだが、荒垣に三億もせびられたと聞いたら、なんか気の毒になってきたんだよ。一つだけ確認したいんだ。おたくが殺し屋《プロ》に荒垣卓郎を葬《ほうむ》らせたという情報も摑んでるんだが、それが事実なら、十億円の口止め料を貰うことになるな」

「荒垣が死んだことで、胸を撫《な》で下ろしたことは認めるよ。だが、わたしは殺人事件にはまったく関与してないっ。疑いが消えないなら、警察に密告してもかまわない」

「そこまで言えるんなら、荒垣の事件にはタッチしていないんだろう。もう自由にしてやるよ」

力丸は言った。

佐竹は半信半疑の顔つきで、氏家宅に吸い込まれていった。

「心証はシロでしょうね」

「そういう心証を得た。多国籍パブを経営してる和久井に鎌をかけてみよう」

力丸は尾崎に耳打ちして、エルグランドに向かって歩きだした。

第五章　哀しい沸点

1

夜明けが近い。

東の空が少し明るみはじめた。翌日の早朝である。

力丸たちコンビは張り込み中だった。三、四十メートル先に、和久井仁の自宅がある。杉並区浜田山《はまだやま》の閑静な住宅街の一角だ。午前六時前だった。

前夜、力丸たち二人は佐竹啓輔を締め上げてから、和久井に迫る予定だった。ところが、捜査対象者の居所は摑めなかった。

新橋《しんばし》のオフィスを回った後、和久井が経営する多国籍パブを訪ねてみた。四店はまだ営業中だったが、オーナーはいなかった。残りの六店はすでに閉店していた。そんなことで、力丸たちはおのおの自宅で仮眠を取ってから、和久井の自宅に張りついたのだ。

「対象者《マルタイ》には愛人《レコ》がいて、昨夜は自宅には戻ってないのかもしれませんよ」

エルグランドの運転席で、尾崎が言った。

「よし、新橋のオフィスに回ろう。和久井が愛人宅に泊まったんなら、自宅には戻りにくいんじゃないか」

「自分は浮気したことがないんで、よくわかりません。でも、妻には後ろめたさを感じるでしょうから、そうすると思います」

「尾崎《ザキ》は本当に真面目なんだな」

「二人の子育てを押しつけてる状態なんで、妻を裏切るなんてことはできません」

「愛妻家だね。奥さんに幻滅したことはないのか？　結婚前と違って毎日、素《す》を見せられるようになったんだろうからさ。子育てに追われてれば、女としてのたしなみも忘れがちになる」

「自分の妻は家では素顔《スッピン》でいることが多いですが、一度も幻滅したことはありません」

「いい奥さんだな。それでも、たまには別の女を抱いてみたくはならないか？」

「情感の伴わないセックスは虚しいだけでしょう？」

「そっちは優等生だな」

力丸は言った。

「いけませんか？」

「別にいけなくはないよ。ただ、多くの男は、いろんな花を愛《め》でたくなるようだぞ」

「そう考えるのは、パートナーに心底惚《ほ》れてないからなんじゃないですか」

「移り気なおれは、本気で恋愛したことがない？」

「少なくとも、恥も外聞もなく好きな女性を独り占めしたいという情感に駆られたことはなさそうですね」

「言われてみれば、そこまで熱い恋愛はしたことがないな」

「力丸《リキ》さんはモテるタイプだから、つい選《え》り好《ごの》みをしちゃうんでしょう。自分を慕ってくれる女性がひとりしかいなかったら、相手を大事にしますよ」

尾崎が言った。妻とは相思相愛で結ばれたから、言える言葉なのだろう。

力丸は年下の相棒に少し妬《ねた》ましさを覚えた。学生時代から数多くの女性とつき合ってきたが、どこか醒《さ》めていた。交際が長くなると、どうしても相手の短所が気になってしまう。

この世に完全無欠な人間などひとりも存在しない。自分も欠点だらけだ。そのことを棚に上げ、つい恋愛相手の採点が厳しくなる。傲慢《ごうまん》なのか。

「尾崎、おまえは死ぬまで浮気しないほうがいいよ」

「急に言うことが変わっちゃうんですね。力丸さん、何かあったんですか。若輩者ですが、自分でよければ、相談に乗らせてもらいます」

「別に何かがあったわけじゃないよ。ちょっと情緒不安定なだけさ」

「そうですか」

尾崎は深く踏み込んでこなかった。

矛盾したことを口走ったのは、心のどこかで広瀬夫妻に波風を立たせてしまった疚《やま》しさを感じていたせいか。警察学校で同期だった広瀬の妻の遥を軽い気持ちで誘惑したのは、想像以上に罪深いことだったのだろう。

遥とはディープキスをしただけだ。それでも人妻としては許されることではないだろう。夫の広瀬は妻が力丸と不倫関係にあると疑い、夫婦の間に溝が生まれた。

それだけでは終わらなかった。広瀬は遥との修復が叶《かな》わないと絶望的になり、刃傷沙汰を引き起こした。遥の傷は浅かったようだが、広瀬夫妻は人生設計を変更せざるを得なくなった。

二人にどんな形で償《つぐな》えばいいのか。仮眠を取ってから、力丸はずっとそのことを考えていた。だが、妙案は閃《ひらめ》かなかった。そのせいか、いつになく心が不安定だった。

「尾崎、おれが妙なことを言いだしたら、遠慮なく指摘してくれないか」

「いったい何があったんです？」

「おれの軽率な行動が、ある夫婦を不幸にさせてしまったようなんだ」

「人妻に手を出しちゃったんですか!?」

「具体的な内容は勘弁してくれ。こっちの行動に問題があったんだよ。そんなことで、少し職務に身が入らなかったが、もう大丈夫だ」

「なら、深く詮索《せんさく》するのはやめときます」

尾崎が口を閉じた。

それから数分後だった。和久井邸から五十代前半の男が姿を見せた。力丸は視線を延ばした。

表に出てきたのは和久井仁だった。本庁交通部運転免許本部から提供してもらった顔写真を前夜、コンビは見ていた。運転免許証の写真よりも幾分、老けて見えた。

和久井はイングリッシュ・セッターの引き綱《リード》を握っている。猟犬だ。もう成犬だろう。

「対象者《マルタイ》は飼い犬を散歩させるようですね」

尾崎が言った。

「低速でも車で尾行したら、和久井に気づかれてしまうだろう」

「自分が徒歩で尾行します」

「いや、おれが尾《つ》けるよ。尾崎は後から、ゆっくりと従《つ》いてきてくれ」

「わかりました」

「多分、和久井は散歩の途中で公園かどこかで休むと思う。そうしたら、おれたちは正体を明かして和久井に裏取引を持ちかけようや」

「脱税の件と多国籍パブで働いている白人ホステスたちに売春させてる弱みを切札にするんですね？」

「そうだ」

力丸は答えて、エルグランドの助手席から静かに降りた。

春だが、早朝の外気は粒立《つぶだ》っている。力丸はパーカのフードを被り、民家の石塀や生垣に沿って少しずつ進みはじめた。後方のエルグランドはまだ路上に駐《と》まったままだった。

イギリス原産の茶系の猟犬は飼い主を力強く引っ張りながらも、電信柱の周辺を必ず嗅いだ。他の飼い犬のマーキングを確認しているようだ。

イングリッシュ・セッターが道草を喰うたびに、力丸は立ち止まった。物陰に身を寄せたり、逆方向に進んで時間を稼いだ。

エルグランドも追尾を開始したが、ちょくちょく路肩に寄らなければならなかった。和久井は愛犬に従う形で邸宅街を歩き、三十数分後に公園の中に入っていった。

児童公園だ。無人だった。力丸は出入口の近くから園内をうかがった。

和久井が飼い犬の首輪とリードを引き離した。イングリッシュ・セッターは嬉しそうに園内を駆け回りはじめた。どうやら和久井は、この公園をドッグランの代わりにしているようだ。

エルグランドが児童公園のそばに停まった。待つほどもなく、尾崎が運転席から降りた。

「和久井は、飼い犬を自由に駆け回らせてる」

力丸は、近づいてくる相棒に教えた。

「犬を放してるときには接近しないほうがよさそうですね」

「ああ。ドーベルマンほど獰猛《どうもう》じゃないだろうが、セッターは猟犬だからな。飼い主にけしかけられたら、おれたちに襲いかかってくるかもしれない」

「リードに繋がれるまで待ちましょう」

尾崎が提案した。力丸は無言で顎を引いた。

ベンチに坐った和久井が大声で飼い犬を呼び寄せたのは、およそ二十分後だった。猟犬は物足りなさそうだったが、飼い主の許《もと》に戻った。

和久井が愛犬の首輪にリードを繋ぐ。

力丸は相棒とともに児童公園に足を踏み入れ、和久井に接近した。まだ和久井はベンチに腰かけ、猟犬の頭を撫でている。

「イングリッシュ・セッターみたいだな」

力丸は立ち止まると、和久井に話しかけた。

「そう。ミックという名で、まだ三歳なんだよ。おたくも犬好きなのかな」

「犬よりも、女のほうが好きだね。でも、あんたがやってる多国籍パブの白人ホステスを金で買う気はないよ。買春行為は法に触れるからな」

「そ、その声には聞き覚えがある。あっ、電話をかけてきた男だなっ」

和久井が語気を強めた。

「耳は悪くないようだな。あんたが白人ホステスたちに売春を強いてることはもちろん、脱税してることも法律違反だ」

「目的は金だな。口止め料を出せってことか」

「実は恐喝屋じゃないんだよ」

「それじゃ、何者なんだ？」

「警視庁の者だよ、おれたちは」

力丸は姓だけを明かし、ＦＢＩ型の警察手帳を短く見せた。尾崎が倣《なら》う。

「わたしに逮捕状が出てるのか？」

「いや、令状は取ってない。だが、あんたが捜査に協力しなかったら、すぐ裁判所に逮捕状を請求することになるな」

「おたくらは、『共進エンタープライゼス』の社長をやってた荒垣の事件を捜査してるんだね」

「その通りだ。あんたは脱税の件で脅迫されて荒垣に口止め料を要求されたんだろう？」

「そうだが、荒垣が直に電話をかけてきたのは一度きりだったよ。逆らえないんで、指定された銀行口座に三千万を振り込んだ」

「その口座は荒垣の名義じゃなかったんだろう？」

「ああ、市毛《いちげ》なんとかって名義だったよ。その後、荒垣の代理人と名乗る男が三度も脅迫してきて、三千万円ずつ振り込まされたんだ。指定口座の名義は毎回違ってた。わたしはトータルで一億二千万円を脅し取られてしまった」

「自業自得でしょうが！」

尾崎が話に割り込んだ。

「日本の税金は高すぎるよ。たくさん稼いでも、がっぽり税金で持っていかれる。まともに払うのがばかばかしくなっても仕方ないと思うね」

「聞き苦しいですよ、そういう自己弁護は。外国人女性をたくさん集めて多国籍パブを十店経営してること自体に別に問題はないんですかね」

「わたしは金儲けだけを考えてるんじゃない。パブで働いてる白人ホステスはバルト三国、ルーマニア、ベラルーシから働きにきてるんだ。母国は豊かじゃないから、失業率も高い。そんな彼女たちに高い給料を払ってやってるんだから、人助けをしてるという自負もある」

「きれいごとは言わないほうがいいな。おたくが白人ホステスに客との売春を強いて、稼ぎの半分を搾取《さくしゅ》してることはわかってるんです」

「ホステスたちに体を売れなんて言ったことはない。指名してくれる客を大事にしないと、給料が減ると指導したことはあるがね」

「売春しろと暗に指示したようなもんじゃないかっ」

「彼女たちは短期間に少しでも多く稼ぎたいと思ってるから、誰もが店外デートをしてるんだ。客とカフェや鮨屋に行く娘《こ》が多いんだろうが、中にはホテルに直行する者もいるかもしれないいな」

「そんな言い訳は通用しませんよ。売春代の半分を店側がハネてる証拠も押さえてる。ホステスに売春を強要したことはないと言い張るなら、令状を取るほかないな。それでも、いいんですね？」

「そ、それは困る。店のイメージが悪くなって、客足が遠のきそうだから」

和久井がリードを短く持ち直して、力丸に縋《すが》るような目を向けてきた。ミックはコンビに敵意を剝《む》き出しにして、いつでも跳躍できる体勢を保《たも》っている。

「荒垣の代理人と称した奴は、総額九千万の追加要求をしたんだな。男はボイス・チェンジャーを使って連絡してきたんだろう？」

「そうなんだ」

「関西弁の訛《なまり》は？」

「なかったな。聞き取りにくい声だったが、ちゃんとした標準語だったよ」

「あんたは、この先も口止め料を払わされるとは思わなかったのか？」

「それは思ったよ。だから、三度目に指定されたメガバンクの新宿支店に行って、支店長に名義人の情報をこっそり教えてくれないかと頼んだんだ。恐喝代理人の正体を摑んで、何か手を打ちたかったんだよ」

「銀行は協力してくれなかっただろうな。捜査機関でも、預金者の個人情報はそう簡単に教えてもらえない」

「そうだったね。荒垣が本当に代理人を使って口止め料の追加要求をしてきたとは思えないんだ。なぜなら、最初は荒垣本人が直に電話をかけてきて、口止め料を払えと脅迫したのだから」

「代理人と称した男は、荒垣の恐喝に便乗して金儲けをしたんじゃないかってことだな？」

「そう疑えなくもない」

「ま、そうだな。その後、荒垣の代理人から電話は？」

力丸は訊いた。

「急に連絡がなくなったんだ。足が付くと警戒したんじゃないだろうか。わたしは、そんなふうに思ってる」

「そうなんだろうな」

「わたしはどうなるんだ？　脱税した分はちゃんと納税して、追徴金も一括で払う。ホステスたちに売春しろと命じたことはないが、店外デート中のペナルティーを給料から差っ引いてたことは確かだから、売春斡旋《あっせん》をしたと疑われても仕方ないだろうな」

「まだ弁明する気かっ。脱税と売春斡旋の事実を認めて、罪を償うんだな。有罪判決が下ることは間違いないだろうが、執行猶予は付くかもな」

「前科者になったら、事業に絶対に影響が出てくる。なんか話が違うな。おたくは捜査に協力してくれれば、大目に見てくれると言ったじゃないっ」

「いや、そんな約束をした覚えはない」

「汚いぞ」

「ICレコーダーをこっそり回して、こっちの言質《げんち》を取ったのかな?」

「いや、それは……」

「なら、たとえ法廷で争うことになっても、あんたに勝ち目はない。そもそもおれが、あんたに裏取引を持ちかけるわけないだろうが!」

「それを仄《ほの》めかしたじゃないかっ」

和久井がベンチから立ち上がって、拳を振り翳《かざ》した。

「おれを殴ったら、公務執行妨害で現行犯逮捕するぞ。その覚悟はあるのか?」

「なんて奴なんだっ」

「仮に多国籍パブが全店潰れても、あこぎに稼いで汚れた金を貯め込んできたんだろうから、一生遊んで暮らせるんじゃないのか。え? いずれ警察から任意同行を求められると思うが、それまで愛犬とせいぜい戯《たわむ》れるんだな」

「刑事が善良な市民を騙《だま》してもいいのかっ」

「あんたのどこが善良なんだ? どこから見ても、金を追ってるだけの小悪党じゃないかっ。ミックは駆け回ったんで、腹を空かしてるだろう。とりあえず家に戻って、愛犬に餌をやれよ」

力丸は茶化して、和久井に背を向けた。尾崎も体を反転させた。

「和久井に会えば、荒垣の代理人の正体を暴く手がかりを得られると思ってたんだが、その考えは楽観的だったな」

「そうですが、気を落とすのはやめましょう。捜査は無駄の積み重ねだって、先輩たちから言い伝えられてきたことじゃないですか」

「尾崎、なんか急に成長したな。どこかで朝飯を喰って、作戦を練り直そう」

力丸は相棒に言って、大股で歩きだした。

2

焼き魚定食が運ばれてきた。

渋谷の道玄坂にある和風食堂だ。力丸は先に割り箸を手に取った。少し遅れて尾崎も箸に手を伸ばす。

午前八時を回ったばかりだった。二人は和久井をいったん泳がせ、この店で腹ごしらえをする気になったのだ。

出勤前と思われるサラリーマン風の客が数人、食事をしている。店内は割に広かった。

力丸たちは最も奥のテーブル席で向かい合っていた。

「この鯖《さば》、金華山《きんかさん》沖で獲《と》れたものみたいですね。納豆、焼き海苔、香《こう》の物、味噌汁付きで六百八十円は安いな。所帯持ちには嬉しい値段です」

「尾崎、ここの勘定はおれが払うよ」

「それはいけません」

「なら、捜査費で落とそう」

「力丸さん、それはもっとまずいですよ。どんな仕事に就いてても、食事代は自腹が原則です」

「わかったよ、支払いは割り勘にしよう」

力丸は苦笑して、焼き魚定食を食べはじめた。巨漢の相棒はダイナミックな食べ方をする。それでいて、少しも下品には見えなかった。

コンビは黙々と箸を使った。先に食べ終えたのは尾崎だった。尾崎が緑茶を啜っている間に、力丸も注文した定食を平らげた。

「鯖、脂《あぶら》が乗ってましたね」

「そうだな。周りに客がいないんで……」

「ここで作戦を練る気ですね？」

尾崎が小声で確かめた。

「そうだ。荒垣の代理人と称して口止め料を追加要求したと思われる自称星野は何者なんだろうな？」

「殺された荒垣卓郎を快く思ってなかった人物であることは間違いないでしょう。『共進エンタープライゼス』のダーティー・ビジネスで泣かされた人たちがまず疑えるんじゃないですか」

「だな。投資詐欺の被害者、会社を乗っ取られた連中、企業恐喝や商品取り込み詐欺に遭《あ》った法人。それから脱税で多額の口止め料をせびられた成功者たちも荒垣を憎んでたにちがいない」

「当然でしょうね。自称星野が浪友会の犯行に見せかけて荒垣を始末した疑いが濃いわけですけど、そいつを特定するまでは至ってません」

「有村理事官は、被害者は同業の経済マフィアとトラブってたとも考えられるから、そのあたりを調べてほしいと言ってた。それについて、そっちはどう思う？」

力丸は問いかけ、日本茶で喉を湿らせた。

「荒垣はまず拉致されて監禁先で拷問された揚句《あげく》、惨殺されました。絞殺された後、わざわざ加害者は荒垣の首と両腕を切断してますよね？」

「だな」

「よっぽど被害者を恨んでたんでしょう。手口も荒っぽい。経済マフィアを怪しみたくなりますよね。しかし、初動捜査資料によると、『共進エンタープライゼス』が同類項の経済マフィアと対立してたという情報はありませんでした」

「そうだったな」

「有村理事官の筋読みにケチをつける気はありませんが、企業舎弟《フロント》や経済マフィアの背後には暴力団がそれぞれ控えてます。小競《こぜ》り合いはあっても、フロントの社長を殺害したら、バック同士の血の抗争に発展しかねません」

「そうだろうな。程度の差はあっても、双方が何らかのマイナスを負うことになる」

「裏経済界で暗躍してる連中は、どんなときも損得勘定をしてから動いてます。それは東日本でも、西日本でも変わらないでしょう」

「どこかの企業舎弟か大物経済マフィアが荒垣の命《タマ》を奪《と》るなんてことは、まず考えられない。尾崎はそう思ってるんだな？」

「ええ」

「裏社会と関わりのない人間で、荒垣に恨みのある者が浪友会の仕業と見せかけた事件《ヤマ》だったのかもしれないな。実は、おれもそんな気がしてたんだ。しかし、まだ加害者を絞り込めない。『共進エンタープライズ』にひどい目に遭わされた会社や個人にはそれぞれ犯行動機がないとは言えないからな」

「そうなんですよね。だけど、素っ堅気が浪友会の犯行と見せかける偽装工作なんてできないでしょう？」

「だろうな」

「そう考えると、浪友会の幹部用金バッジを二百万円で買い取った正体不明の四十代半ばと思われる男は素人《トウシロ》じゃないんでしょう」

尾崎が言った。

「そいつは堅気じゃなさそうだな。自称星野という謎の男が荒垣の代理人だとしたら、恐喝相続人と同一人物なんじゃないだろうか」

「そう考えてもいいのかもしれませんね。ただ、ちょっと腑《ふ》に落ちないことがあります。大口脱税者として東京国税局にマークされてる富裕層から口止め料を何度も脅し取る気になったんだとしたら、目的は単なる銭金《ぜにかね》ってことになるじゃないですか」

「『共進エンタープライゼス』の詐欺商法に引っかかって何億円も失った投資家が出資金も取り戻そうとしたとは考えられないか。関東共進会の企業舎弟の仕業と思わせてな」

「それ、考えられなくはないでしょうね。ですけど、『共進エンタープライゼス』にカモにされる投資家がそこまで大胆なことができるでしょうか」

「そう言われると、自信が揺らぐな。ちょっと一服して頭の中を整理してみるよ」

力丸は立ち上がって、店の一隅《いちぐう》に設けられた喫煙室に向かった。ちょうど反対側にあった。

喫煙室には誰もいなかった。力丸は煙草をくわえて、使い捨てライターで火を点けた。食後と情事の後の一服は、いつも格別にうまい。

力丸は深く喫いつけた。懐で私物のスマートフォンが着信したのは、スタンド型の灰皿の中に短くなったセブンスターを投げ入れたときだった。

力丸はスマートフォンを手早く摑み出した。ディスプレイを見る。発信者は、毎朝日報経済部の久坂部記者だった。

「いま、電話で喋っても大丈夫か？」

「大丈夫だよ」

「ちょっと気になる情報を摑んだんだ。『共進エンタープライゼス』の顧問弁護士は、六年前まで東京地検刑事部の検事だった倉持《くらもち》陽一《よういち》、四十七歳じゃなかったか？」

「ああ、そうだよ。東京地検特捜部にいたヤメ検弁護士なら、大手企業の顧問として引っ張りだこなんだろうが、倉持弁護士は刑事部の検事だった。だから、東証プライム上場企業や企業舎弟の顧問を務めてるようだな。久坂部、倉持弁護士がどうしたんだ？」

「カリブ海の英国領バージン諸島にペーパーカンパニーを一年数カ月前に設立して、百三十一億円の資産をプールしてることがわかったんだよ。〝パナマ文書〟の掘り下げ取材でな」

「遣《や》り手のヤメ検弁護士なら、高収入を得てるんだろう。しかし、弁護士登録して六年かそこらだ。その間に百億円以上の金を貯められるかな」

「こっちも、そう思ったんだ。倉持弁護士は複数の企業舎弟の顧問をやってる。経済やくざたちと結託《けったく》して、何かダーティー・ビジネスで荒稼ぎしてたとは考えられないか」

「まるでリアリティーのない話じゃないな。その非合法ビジネスを荒垣卓郎に知られて、ヤメ検弁護士が強請られてたとしたら……」

「犯罪のプロたちを雇って、『共進エンタープライゼス』の荒垣社長の口を封じさせた疑いも出てくる」

「ああ。倉持の私生活を調べてみる必要があるな」

「同僚の記者が倉持弁護士の交友関係を取材したら、裏経済界の実力者たちとよくゴルフをしたり、高級クラブで酒を酌《く》み交わしてるそうなんだ」

「久坂部、もう少し情報をくれないか。ヤメ検弁護士と親交のある大物経済マフィアの名前は？」

「そこまで教えたら、おれは会社をクビになっちゃうよ。力丸にヒントを与えただけでも、裏切り者と謗《そし》られるにちがいない。後は警察で調べ上げてくれ」

「そうしよう。久坂部、恩に着るよ。ありがとう！」

力丸は謝意を表し、通話を切り上げた。喫煙室を出て、相棒の待つ席に戻る。

「あれっ、ちょっと顔つきが違ってますね。もしかしたら、一服してるうちに犯人に見当がついたんですか？」

尾崎が周囲を見回してから、小声で訊いた。

力丸は近くに客がいないことを目で確かめてから、久坂部がもたらしてくれた情報を尾崎に伝えた。尾崎が顔を明るませた。

「ヤメ検弁護士がカリブ海の小島のペーパーカンパニーの口座に百三十一億円もの預金を移してるんなら、間違いなくダーティー・ビジネスで荒稼ぎしたんでしょうね」

「現役の弁護士が麻薬ビジネスに手を染めるとは考えにくいから、企業の不正の証拠を押さえて恐喝を重ねてたんだろう」

「ええ、多分ね。倉持は大物経済マフィアに大手企業の贈賄、不正会計、役員たちのスキャンダルなど恐喝材料を集めてもらって、巨額の口止め料をせしめてたんじゃありませんか。そうだとしたら、悪徳弁護士そのものだな」

「弁護士が表に出るとは思えない。倉持は荒垣に交渉を任せてたんじゃないだろうか。荒垣のバックには、関東共進会が控えてる。脅迫された会社は要求を拒むことはできなかったんだろう」

「力丸さん、荒垣が倉持弁護士とつるんで企業恐喝を重ねてたんなら、それは個人的なシノギだったんじゃないんですか。元レースクイーンの長岡未樹を愛人《レコ》として囲ってたんですから、年俸以外の金が必要だったんでしょう」

「内職だったんだろうな」

「倉持と荒垣は取り分を巡って揉めたんだろうか。そうなら、ヤメ検弁護士が第三者に荒垣を片づけさせた疑いがありますね」

「尾崎、それは早合点かもしれないぞ。荒垣が会社の社員や関東共進会に内緒で個人的なシノギに精出してたことが発覚したら、役員たちはともかく尻持《けつも》ちの関東共進会は黙っちゃいないにちがいない」

力丸は言った。

「そうでしょうね。倉持が疑わしいだけではなく、関東共進会の理事会が不心得者の荒垣を抹殺することに決めたとも……」

「久坂部の情報の裏付け《ウラ》を取る必要があるな。この時刻だから、まだ稲富専務は出社してないだろうが、『共進エンタープライゼス』に行って探りを入れてみよう」

「わかりました。元検事の倉持弁護士がカリブ海のバージン諸島のペーパーカンパニーの口座に百三十一億円もの預金があることを初動捜査で調べてくれていたら、自分らが回り道をしなくてもよかったんですけどね」

「尾崎、倉持弁護士は怪しいが、まだ犯人と決まったわけじゃない。荒垣が倉持と共謀して内職をしてたんなら、関東共進会も疑わしくなってくるが、それも……」

「ええ、結論を急いで出すのはよくないな。自分、せっかちなんでね。こういう言い訳はみっともないか」

尾崎が頭に手を当てた。

それから間もなく、二人は和風食堂を出た。食事代は、おのおのが払った。エルグランドは店の専用駐車場の端に駐《と》めてあった。

尾崎の運転で、赤坂に向かう。力丸は助手席で、ノートパソコンを開いた。

倉持法律事務所のホームページには、元検事の顔写真が掲げてあった。実年齢の四十七歳よりも二つ三つ若く見える。オフィスは中央区銀座一丁目にあった。貸ビルの三階にあるようだ。

顧問会社は東証スタンダード、大証二部上場企業が圧倒的に多い。東証プライム上場企業名は、わずか二社しか載っていない。『共進エンタープライゼス』の名は見当たらなかった。ほかの企業舎弟と思われる法人名も記されていない。

倉持はイメージが汚れることを嫌っているようだ。当然だろう。依頼人の信用を失ったら、六人の居候弁護士《イソベン》を含めて十人のスタッフを養っていけなくなる。

力丸はノートパソコンを閉じ、車の振動に身を委《ゆだ》ねた。赤坂四丁目に達したのは午前九時十分ごろだった。

「専務はまだ出社していないかもしれない。数十分経ってから、雑居ビルの五階に上がろうか」

力丸は相棒に言った。尾崎が『共進エンタープライゼス』のある雑居ビルの近くの路上にエルグランドを駐めた。

コンビは時間を遣り過ごし、九時四十分過ぎに車を降りた。雑居ビルに入り、エレベーターで五階に上がる。

力丸はノックしてから、『共進エンタープライゼス』のドアを開けた。見覚えのある男性社員と目が合った。

「また、稲富専務にお目にかかりたいんだが、まだ出社していないのかな」

「いいえ、出社しております。専務は新社長になりますんで、午前九時前には出社してるんですよ。少々、お待ちいただけますか」

相手が言って、奥に向かった。少し待つと、男性社員が戻ってきた。稲富は専務室で待っているとのことだった。

力丸たちは奥の専務室に急いだ。

稲富はドアを開け、出入口近くで待っていた。

「ご苦労さまです」

「たびたび伺《うかが》って申し訳ありません。捜査が足踏み状態なんですよ。十分ほど時間をいただけませんか」

力丸は打診した。稲富は快諾《かいだく》して、来訪者を先にソファセットの長椅子に坐らせた。そして、自分は力丸の真ん前に腰かけた。

「コーヒーでも淹れさせましょう」

「どうかお構いなく」

力丸は遠慮した。

「いいんですかね」

「お気遣いは無用です。商談でお邪魔したわけじゃありませんので」

「そうですが、荒垣社長の事件捜査で靴を磨《す》り減らしてくださっている方たちですから、せめてコーヒーぐらいは……」

「せっかくですが、結構です」

「わかりました。ところで、犯人の目星はもうついたんではありませんか？」

「いいえ、まだ目星はついてないんですよ。ただ、故人が東京国税局の幹部職員から脱税の疑いのある富裕層のリストを手に入れ、その人たちを脅迫して多額の口止め料をせしめてた事実が判明しました」

「まさか!?　何かの間違いでしょう。故人は恐喝なんかするわけありませんよ」

稲富が険《けわ》しい表情で反論した。

「たくさんの大口脱税者に故人が直に脅迫電話をかけ、数千万から一億円以上の口止め料を他人名義の銀行口座に振り込ませてたことがわかりました」

「そんな話は信じられないな。われわれは素っ堅気ではありませんが、真っ当なビジネスをして利益を上げてきたんです。会社の帳簿もすべてお見せしましょう。そうすれば、法に触れるような商売はしてないことがわかるはずです」

「そこまでしていただかなくても、結構ですよ。稲富さん、少し冷静になってくれませんか」

「社長だった荒垣がそんなことをするわけないっ。関東共進会の息がかかった会社であることは隠しません。しかし、わたしたちは合法ビジネスしかやってこなかったんです。フロントだということで、色眼鏡で見られてきましたが、きれいな商売を心掛けてきたんですよ。それなのに……」

「荒垣さんは元レースクイーンを愛人にしてました。この会社の社長だったんですから、高額所得者だったのでしょう。とはいえ、長岡未樹さんに月に百二十万円の愛人手当を渡し、『鳥居レジデンス』に住まわせてやるのは負担が大きいはずです」

「故人は預貯金がだいぶあったんで、彼女の面倒を見ることができたんでしょう」

「そうなのかな」

「わたしは若い時分から故人に接してきて、その人柄はよくわかっています。荒垣卓郎は侠気《おとこぎ》がありました。堅気をいじめるようなことは絶対にしない。そんなふうに故人を疑ったら、かわいそうすぎる。目をかけてもらったこちらも、なんか不愉快になります。悪いが、きょうは引き取ってもらいたいな」

「話題を変えましょう。元検事の倉持弁護士は、こちらの会社の顧問なんですよね。倉持法律事務所のホームページには、そのことは記載されていませんでしたが……」

「倉持先生と正式な顧問契約は結んでないんですよ。しかし、法律相談役なので、顧問弁護士みたいなものかな」

「倉持さんは多くの大企業の顧問弁護士を務めてるわけではないのに、大金持ちなんですね」

「大金持ち？」

「ええ、そうです。ヤメ検弁護士はカリブ海の英領の小島にペーパーカンパニーを設立して、百三十一億円もプールしてたですよ」

「先生は貧しい家庭に育って苦学したと聞いてるから、親の莫大な遺産が転がり込んだとは考えられないな」

「ええ、それはね」

力丸の言葉に尾崎の声が重なった。

「稲富さん、倉持弁護士が危《ヤバ》いことをやって大きな副収入を得たとは考えられませんかね？」

「先生は東京地検刑事部の熱血検事として活躍されてたんだ。倉持弁護士が非合法ビジネスで荒稼ぎしたなんて、まったく考えられないね」

「そうなのかな。倉持さんは裏経済界の大物たちと親交があるらしいから、その気になれば大企業のさまざまな不正や役員たちのスキャンダルの証拠を入手できるでしょう」

「だから？」

稲富の声には怒気が含まれていた。

「これは自分の想像なんですが、亡くなった荒垣さんと倉持弁護士が組んで数十社の大企業を強請《ゆす》れば、数百億円の口止め料は脅し取れるんじゃないですか」

「カリブ海の小島のペーパーカンパニーの口座にある百三十一億円は、先生が恐喝で得た金だと疑ってるのかっ」

「あくまでも自分の想像ですので、聞き流してください。これも根拠のある話ではないんですが、大企業との交渉役を務めた荒垣さんの分け前が少ないことに腹を立て、ヤメ検弁護士の隠し金を吐き出せと脅迫したのかもしれませんね。弁護士の倉持さんは荒垣さんの言いなりになったら、自分は破滅させられるかもしれないとビビったんで……」

「倉持先生が誰かに荒垣社長を殺《や》らせたんではないかって？」

「ええ、そうです」

「そんなことは絶対にあり得ない。先生と荒垣社長は、親友といってもいい関係だったんだ。どっちも金に目が眩《くら》んで大それたことをするわけがない。悪いが、感情を抑え切れなくなりそうだ。二人とも、もう帰ってくれないか」

「怒らせてしまいましたね。そんな気はなかったんですが……」

尾崎が稲富専務に謝罪し、力丸に目顔で指示を求めてきた。

力丸は稲富に礼を述べ、ソファから立ち上がった。

3

所長室は広かった。

倉持法律事務所である。力丸たちコンビは素姓を明らかにした後、元検事の弁護士と向かい合わせにソファに着座した。

総革張りのソファは坐り心地がよかった。ソファセットは八人掛けで、奥まった所に重厚な両袖机が置かれている。壁際は書棚で埋まっていた。法律書ばかりだ。

「被害者の荒垣さんとは、だいぶお親しかったようですね」

力丸は、正面に腰かけた倉持に言った。

「そうだったね。荒垣社長は大学出だったんで、荒くれ者じゃなかったんだよ。知性もあった」

「それでも、関東共進会の企業舎弟《フロント》のトップだったのですから、ダーティーなビジネスをしてたんでしょうね」

「グレーな部分はあっても、非道なことはしてなかっただろう。世間では、経済やくざと見られてたようだが、そんなに悪いことはしてなかった」

「あなたは『共進エンタープライゼス』の法律相談役だったんで、故人を悪く言いたくはないんでしょうが、投資詐欺、手形のパクリ、会社乗っ取り、商品取り込み詐欺をやってたことはほぼ間違いない」

「それなら、なぜ立件されなかったんだね。おかしいじゃないか。素っ堅気じゃなかったからといって、妙な先入観に囚《とら》われちゃいけないよ」

「被害者たちは報復を恐れて、被害事実を警察に訴えようとしなかったんでしょう。『共進エンタープライゼス』を刑事告訴したら、バックの暴力団に何をされるかわかりませんからね」

「暴力団新法が施行されてからは、どこもおとなしくなってる。妙な仕返しをしたら、組織が解散に追い込まれかねない。荒垣社長は時には強引な手段を使ったかもしれないが、基本的には合法的な商売をやってたんだろう」

倉持弁護士が言って、脚を組んだ。

「立場上あなたは故人を庇《かば》いたいだろうが、恐喝をやってた裏付《ウラ》けは取れてる」

「えっ、そうなのか。それは初耳だな。荒垣社長は誰を脅迫して、金をせしめてたんだね？」

「脱税の疑いを持たれてる法人や個人資産家が強請られてたんですよ。殺された荒垣さんは東京国税局の野呂査察部長の息子の不祥事を脅迫材料にして、悪質な大口脱税者百人のリストを入手したんです」

「それで、荒垣社長は恐喝を働いてたのか!?」

「ええ、そうです。税逃れをしてる会社や資産家たちから数千万円から億単位の口止め料を脅し取ってたんですよ。もう証拠は押さえました」

力丸ははったり《ブラフ》をかました。

「そうだったのか。荒垣さんには彼女がいたから、金が必要だったんだろうな」

「だと思いますよ。恐喝は個人的なシノギだったんでしょう。内職のことがバックの組織にバレたら、最悪の場合は消されるだろうな」

「個人的なシノギが関東共進会に知られたんで、荒垣さんは関西の極道に殺《や》られたと見せかけて始末されたのか。切断死体が見つかった廃ビルの近くに浪友会の幹部用金バッジが落ちてたと報道されてたから……」

「そう疑えなくもありませんが、関東のやくざがそんな偽装工作をしたと浪友会が見抜いたら、血の抗争に発展するでしょう」

「そうなるかもしれないね。関東共進会は荒垣社長の事件には絡んでないのかな」

「ええ、そう考えるべきだと思います」

「遺留品の金バッジのことは新聞もテレビも触れなくなったが、模造品だったからなんだろうな」

「いいえ、幹部用金バッジは本物でした」

「えっ、そうなのか。それなら、問題の浪友会の幹部バッジを手に入れた人物を調べ上げれば、捜査は大きく進展するんじゃないの？」

「もう調べました。服役中の浪友会の幹部の内妻が生活に困って、金バッジを星野と名乗る四十代半ばの男に二百万円で売ってたんです。そこまでは確認できたんですが、自称星野の正体がまだわかりません」

「そうなのか」

「倉持先生は実年齢よりも、少し若く見えますよね」

尾崎が口を挟んだ。

「何か含みがあるような言い方だな。きみは、自称星野がわたしじゃないかと疑ってるんじゃないのか。え？」

「そういう推測はできるんではありませんか」

「無礼なことを言うな。わたしを怪しんだ根拠は何なんだっ」

「先生は『共進エンタープライゼス』の非合法ビジネスのトラブルを上手に処理してやって、荒垣社長に恩を売ってたんじゃありませんか。その上、故人が脱税してる会社や個人から多額の口止め料を脅し取ってたことも知ってたのかもしれないな。しかし、気づかない振りをしてやったんで……」

「おい、怒るぞ！　わたしが荒垣さんの犯罪に目をつぶってやったんで、利益を供されてたと疑ってるようだな。その証拠はあるのかっ」

「倉持先生は英領バージン諸島にペーパーカンパニーを設立して、百三十一億円の資産を移してますよね？」

「えっ!?」

倉持が絶句した。

「元検事の弁護士はたいがい稼いでるようですが、六年そこそこで百三十一億の資産を得るのは難しいでしょう。まともな弁護活動だけで、そんなに収入を得られるわけありませんか。あなたは黒いものを白くし、間接的に悪事に加担したんで、たった六年で荒稼ぎできたんじゃありませんか？」

「ついでに言いましょう。自分の筋読みが外れてなかったら、先生が誰かに荒垣社長を葬らせた疑惑も拭えない」

「き、きさまを告訴してやるっ」

「相棒が失礼なことを言ったかもしれませんが、どうかご容赦ください。なかなか被疑者を絞れないんで、少し焦ってるんですよ」

力丸は倉持をなだめた。

「それにしても、礼を欠きすぎてる。科学捜査の時代なんだぞ。刑事の勘や直感で犯罪者扱いされたんじゃ、たまらないよ。そうだろうが！」

「ごもっともですね。しかし、あなたがペーパーカンパニーを一年数カ月前に設立して、タックスヘイブンに百三十一億円もの巨額をプールしてることにどうしても引っかかってしまうんですよ」

「バージン諸島の会社にある百三十一億円はわたしの金じゃないんだ。顧問をやってる東証スタンダード上場の食品会社に頼まれて名義を貸してやってるんだよ。その謝礼として預金額の一パーセントを貰ったが、わたしの隠し資産なんかじゃない」

「そうなんですか」

「いい加減にしろ！」

「二〇一五年、ドイツの有力紙『南ドイツ新聞』にある人物が匿名で世界的に知られた有名人がタックスヘイブンの法律事務所やペーパーカンパニーに資産を保有してるという情報をリークしたことで、〝パナマ文書〟の騒ぎになった。知ってるだろう？」

「ええ。ロシアのプーチン大統領、中国の習近平《しゅうきんぺい》、香港俳優のジャッキー・チェン、イギリスやアイスランドの大物政治家、南米のサッカー選手たちがケイマン諸島、英領バージン諸島、バハマ連邦、パナマ、バミューダ、モナコ公国のペーパーカンパニーに巨額をプールしてる事実が暴《あば》かれました。確か日本からもケイマン諸島だけで六十兆円以上の税逃れがあるらしい」

「ああ、その通りだ。しかし、保有資産をタックスヘイブンの法律事務所、資産運用会社、ペーパーカンパニーに移しても違法ではないんだよ」

「そうみたいですね。しかし、世界のリーダー、大企業、著名人が税逃れをするのは倫理的にはどうなのでしょうか。社会的な信用を失うでしょ？　偉そうなことを言っても、結局は金の亡者と思われてしまいますんで。成金《なりきん》の下品さは拭えません」

「そうなんだが、金銭欲を棄《す》てられない成功者は少なくない。企業も同じだな。それだから、タックスヘイブンの豊かとは言えない国に資金を移して税逃れをしてる法人や資産家が減らないんだよ」

「一般の民間人の多くはちゃんと所得税や住民税を払ってるのに、狡《ずる》いことをしてる法人や資産家がいる。税法には触れなくても、モラルの問題は残りますよね」

「そうなんだが、権力や財力を握った者たちは押しなべてエゴイストでわがままだから、税逃れは永久になくならないだろう。マイナンバー制度が導入されても、税法の抜け道がないわけじゃない」

「それが現実なんでしょうが、人間の卑《いや》しさが哀しいですね」

「そもそも人間は金に弱い動物だからな」

「そんな連中ばかりじゃないと信じたいですね」

「おたくはピュアなんだろうな」

倉持が小ばかにしたような笑いを浮かべた。力丸はむかっ腹を立てたが、顔には出さなかった。横に坐った尾崎が、倉持に挑むような目を向けた。

「きみの無礼には腹を立てたが、ここは大人の対応をしてやろう。わたしは本当に荒垣社長が脱税してる法人や個人を強請ってたなんて知らなかったんだよ。おそらく故人の腹心の部下の稲富専務も知らなかっただろう。専務は荒垣社長を兄のように慕い、全幅の信頼を寄せてたからな。だから、関東共進会の理事会も稲富専務をフロントの新社長にする気になったんだろう。専務は身を粉《こ》にして、『共進エンタープライゼス』を守《も》り立てていくだろうね」

「裏経済界で暗躍してる連中と故人がトラブってたことはなかったんだろうか。初動捜査では、同業の経済マフィアとは揉めてなかったみたいですが」

「きみ、荒垣社長を経済やくざと極《き》めつけるのはよくないな。強引な商売をしてたこともあったと思うが、違法になるようなビジネスはやってなかったんじゃないかな。わたしは、そう信じたいね。ただ……」

倉持が言い澱《よど》んだ。力丸は目顔で相棒を制し、先に口を開いた。

「先をつづけてもらえますか」

「荒垣さんに関する悪い噂がまったく耳に入ってこなかったわけじゃないんだよ」

「悪い噂というのは？」

「『共進エンタープライゼス』が中小企業、零細企業、ベンチャー関係に運転資金を回したり、共同経営を持ちかけてたことは知ってるよね？」

「ええ。見込みのある会社は乗っ取って、経営権を第三者に譲ってたんでしょ？」

「そういうケースもあったね。噂によると、荒垣社長は運転資金を回収できないうちに倒産しそうな会社の経営者にC型肝炎の新薬詐欺をやらせて、貸した金も返済させてたらしいんだ」

「医療費が無料になる生活保護制度を悪用したC型肝炎の新薬の詐取をやらせてたのか、債務者に」

「真偽はわからないが、そういう噂が耳に入ってた」

「そうですか。確かソバルディはアメリカで開発された治療薬だったな」

「ああ、そうだよ。ウイルス除去に高い効果があると言われてたんだが、以前は一錠およそ六万円とばか高かった。もっともソバルディは、二〇二二年に製造中止になった」

「薬価がものすごく高かったことは知ってました。『共進エンタープライゼス』から事業の運転資金を借りた会社経営者は債務返済に困って、生活保護を受けてるC型肝炎患者に接近し、製造中止前にソバルディを買い取ってたのかな?」

「そう。患者に処方されたソバルディを鞄《かばん》ごと駅のベンチに置き忘れたと虚偽申告させて、七、八十錠ずつ再処方してもらってたんだ。そうして騙《だま》し取ったソバルディを薬価の四割前後で薬の卸問屋に売ってたそうだよ。その後はソバルディよりも高いハーボニーというC型肝炎治療薬を転売してたという話だ」

「同じ患者から高い新薬を買い取ったら、怪しまれることになります。債務者たちはたくさんのC型肝炎患者に会って、なんとか新薬を分けてくれと頼み回ったんでしょうね」

「そうなんだろう」

「自分もC型肝炎に苦しんでるんだが、生活保護を受けてるわけではないんで、ハーボニーは高くて使えないとでも訴えたんでしょうね」

「そうなんだと思うが、生活保護を受けてるC型肝炎患者は現金が欲しいんで、服用してる薬剤を半分に減らし……」

「売って小遣いか生活費の不足分に充《あ》ててたんでしょうか」

「そうだったんだろうね。JR神田駅の近くには薬の現金問屋が数十店あって、身分証なんか呈示しなくても買い取ってもらえたようだ」

「堅気が詐欺をやらされたことには抵抗があったはずです」

「それはそうだろうね。しかし、そうでもしない限り借りた運転資金は返せない。そうこうしているうちに、自分の会社は倒産してしまうかもしれない。それだから、新薬詐欺をやって当面を切り抜けてたんじゃないか」

倉持が言って、脚を組み替えた。そのとき、尾崎が話に加わった。

「新薬詐欺のほかに債務者たちが強要された悪事がありそうですね」

「あくまでも噂なんだが、荒垣さんは債務者たちにインターネットの書き込みをチェックさせ、動物撲殺画像投稿者の本名を突きとめさせて、本人や保護者から削除代行の名目で数百万円の金を毟《むし》り取らせてたようだな」

「恐喝もやらせてたんだとしたら、悪質ですね」

「そうだな。荒垣社長は凄腕のハッカーに大企業の不正を探らせてたことがあるから、『共進エンタープライゼス』に金を借りてる中小企業や零細企業のオーナーに悪事を代行させたこともあったのかもしれないな。わたしに対しては汚いことを絶対にしなかったが、関東共進会の理事たちは企業舎弟の収益が右肩上がりになることを期待してただろうから……」

「自分の会社が『共進エンタープライゼス』に喰いものにされたくないと思う債務者は強盗、恐喝、車上荒らしと何でもやりそうだな」

「堅気がそこまで開き直ったりしないだろう。せいぜい詐欺か恐喝相手探しなんじゃないのか。ネットで各種のドラッグや密造銃が密売買されてるようだから、中小企業や零細企業のオーナー社長もそのくらいのことをやれるだろうな」

「債務を棒引きにしてやると言われたら、町工場の親父さんたちも悪事を働きそうだな。しかし、本来はまともな人間にちがいありません。事件の被害者に次々に悪事の片棒を担《かつ》がされたら、良心が疼《うず》くでしょう？」

「債務者たちの中に荒垣社長を亡き者にしなければ、いつまでも地獄から抜け出せないと思い詰めてしまった者がいないとも限らないか。うん、そうだろうな」

「『共進エンタープライゼス』に債務のある人間たちが被害者同盟を結成して、荒垣社長を殺害したのかもしれませんよ」

「人間は追いつめられると、とんでもないことをやる。鼠《ねずみ》だって逃げ場がなくなれば、猫を咬《か》む。まるでリアリティーのない推測じゃないのかもしれない」

倉持弁護士が両腕を組んで、小さく唸った。

力丸は一拍置いてから、倉持に話しかけた。

「事件の被害者が、債務者たちに牙を剝《む》かれたなんて話をしたことはありました？」

「そんな話は一度も聞いてない。ただ、少し気になることを言ってたな。羊みたいな連中も、生き残るためには捨て身になることがあるから、素人《トウシロ》をなめてかかれないというニュアンスのことをぼそっと呟いてたんだ」

「そうですか」

「半グレ集団の多くは組員じゃないが、連中は開き直った生き方をしてる。だから、やくざや外国人マフィアも恐れていない。現に半グレたちが暴力団幹部やチャイニーズ・マフィアの親玉を半殺しにしてる」

「ええ、そういう事例がありましたね」

「『共進エンタープライゼス』から事業資金を借りた中小企業やベンチャー系の会社のオ

ーナーたちが債務を楯《たて》に理不尽なことを強要されつづけてたら、ずっと黙ってはいないかもしれないな」

「債務者たちが手を組んで反撃しても、別に不思議じゃないでしょう。大学院の博士コースや修士コースを修了した者たちがいまの社会に受け入れてもらえないことに不満を爆発させて、ニュータイプの犯罪組織を結成し、頭脳的な犯罪で私利私欲に走った国会議員、エリート官僚、財界人、政商、労働貴族、闇社会の首領《ドン》たちを陥《おとしい》れたことがありました」

「彼らは義賊的な側面があったんで、どのマスコミも好意的な報道をしてたな。アナーキーだったが、世直し隊みたいなとこがあったんで」

「そうでしたね。しかし、幹部五人は手下たちが次々に捕まると、高層ビルの最上階のアジトの部屋のベランダから万札を四億数千万円も撒《ま》き散らし、揃って服毒自殺を遂げてしまった」

「そうだったな」

「あの連中を英雄視する気はありませんが、いまの社会は狡猾《こうかつ》に世を渡ってる奴だけが甘い汁を吸える構造になっています。国民が政治に絶望してるうちは、次から次に新手《あらて》の犯罪者グループができるでしょう」

「だろうな。この国の腐敗は根深いから、いったん社会をガラガラポンしなければ、真の再生は無理だろうね。検事になりたてのころは、わたしも社会悪ととことん闘う気でいたんだよ。しかし、たとえドン・キホーテが一万人いても、この社会は変えられっこない。そのことを思い知らされたんで、わたしは自分の小さな世界で愉《たの》しく生きることにしたんだ。そのことを堕落と非難されても、意に介さないよ。理想通りに生きるのは、たやすいことじゃないからね。正義を振りかざす奴に限って、たいてい真っすぐに生きてない。だから、わたしはきれいごとを言う人間は信用しないことにしてるんだ」

倉持は言った。

「そうですか。こっちも善人ぶってる人間は大嫌いです」

「おっ、話が合いそうだね。だいたい人間が高潔ぶることが偽善なんだよ」

「ご高説をゆっくりうかがってる時間がありません。これで、失礼します」

力丸はヤメ検弁護士の話を遮《さえぎ》って、ゆったりとしたソファから立ち上がった。尾崎も腰を浮かせた。

二人は所長室を出て、エレベーターホールに向かった。

「『共進エンタープライゼス』から事業資金の融資を受けた中小企業、零細企業、ベンチャー系会社の経営者たちを片っ端から調べてみよう」

エレベーター乗り場で、力丸は相棒に言った。

「初動捜査資料には、債務のある会社名が列記されてるだけでしたよ。『共進エンタープライゼス』に引き返して、稲富専務に情報を提供してもらいますか」

「それはやめとこう」

「タイムリミットが迫ってるんですがね」

尾崎が言った。

「わかってるよ。しかし、あまり専務にこちらの手の内を見せたくないんだ」

「なぜなんです？」

「稲富が優等生っぽい受け答えをしたことに何か引っかかるものがあるんだよ」

「専務が本事案にタッチしてるんですか!?」

「いや、それはわからない。ただ、刑事の勘が……」

力丸は下降ボタンに軽く触れた。

4

町工場が点在している。

大田区西糀谷《にしこうじや》だ。エルグランドは低速で進んでいた。午後四時過ぎだった。

「このあたりに、『糸山《いとやま》製作所』があるはずです」

尾崎がハンドルを捌《さば》きながら、助手席の力丸に言った。

「その金型《かながた》加工会社は『共進エンタープライゼス』から一億五千万円の運転資金を借り、まだ九千万円の債務が残ってるんだったな」

「そうです。従業員八人の会社ですんで、売上高もそう多くないんでしょう。社長の糸山耕造《こうぞう》、六十七歳は『共進エンタープライゼス』に工場を乗っ取られるかもしれないという不安にさいなまれてるんじゃないですか」

「そうだろうな」

力丸は暗い気持ちになった。倉持法律事務所を辞去してから、コンビは『共進エンタープライゼス』に債務のある製菓会社、計器メーカー、運輸会社、ベンチャー系企業の本社を訪ね、経営者たちから聞き込みをした。

いずれも社員数が五十人に満たない会社で、債務は消えていなかった。これまでの調べでは、債務者たちが団結して『共進エンタープライゼス』に反撃したという情報は得られていない。また、荒垣に債務を棒引きにしてやるから悪事の片棒を担げと強要された経営者もいなかった。

「自分らの筋読みは外れてたんでしょうか」

「尾崎《ザキ》、まだ債務のある会社を四社回っただけだ。すぐに結論を出そうとする癖は直さないとな」

「すみません。自分、せっかちなものですから……」

「捜査に関しては、あまり性急になることは賢明じゃないな。誤認逮捕なんかやっちまったら、現場捜査から外されるにちがいない」

「そうなったら、自分、依願退職しますよ。定年まで現場捜査に携《たずさ》わりたいと思ってますんでね。デスクワークは御免です」

「タイムリミットはあるが、急がば回れでいこうや」

「わかりました」

尾崎が口を閉じた。

それから間もなく、右手に『糸山製作所』が見えてきた。古ぼけた工場の横に、事務所と思われる建物が建設中だった。

思わず力丸は相棒と顔を見合わせた。

「債務があるのに、事務棟らしき建物を新築してるな。力丸《リキ》さん、糸山社長は荒垣の悪事に加担して、いずれ借りた金をチャラにしてもらうつもりだったんではありませんかね」

「そうなのかもしれない。急に受注量が増えたとは考えにくいからな」

「ええ、そうですね。おそらく債務者の何人かが荒垣に強要されて、何か悪事を働いてたんでしょう。そういった連中が共謀して、荒垣を殺《や》ったとは思えません。荒垣が持ちかけた話を撥《は》ねつけた倒産寸前の中小か零細企業の社長が破れかぶれになって、『共進エンタープライゼス』の社長を殺害したんですかね」

「尾崎、また悪い癖が出たな」

「あっ、いけない。聞かなかったことにしてもらえますか」

尾崎がきまり悪そうに言って、エルグランドを『糸山製作所』の手前にある二階建てアパートの横に寄せた。

力丸は先に助手席から出た。待つほどもなく、尾崎が運転席を降りた。

二人は『糸山製作所』の敷地に入った。左側にある古びた工場に足を踏み入れると、大型のプレス機が五、六台動いていた。

力丸は出入口近くにいる五十二、三歳の工員に刑事であることを告げ、来意を伝えた。すると、相手の男は工場内にある小さな事務室を指さした。力丸たちは礼を言い、事務室に回った。

糸山はスチールの机に向かって、電卓のキーを叩いていた。社長のほかには誰もいなかった。スチール製のデスクの前には、布張りのソファセットが据《す》えてあった。だいぶ使い込んでいるようだ。

力丸たちはそれぞれ警察手帳を見せ、苗字だけを教えた。

「『共進エンタープライゼス』の社長の事件の聞き込みでしょ？」

小太りの糸山が掛け声とともに椅子から立ち上がった。その目は力丸に向けられている。

「ご協力願えます？」

「いいですよ。ま、掛けてください」

「はい」

力丸たちコンビは、長椅子に並んで腰かけた。糸山社長が短く迷ってから、力丸の前のソファに腰を下ろした。

「早速ですが、こちらの会社は『共進エンタープライゼス』から運転資金を借りましたでしょう？」

「ええ、一億五千万ほどね。最新の金型プレス機を入れたかったので、借金したんですよ。金利もそう高くなかった。でも、まだ九千万円ほど債務は残ってる」

「工場の横に事務棟を建設中のようですね」

「あっ、わたし、疑われてるみたいだな。九千万の借金があるのに、敷地内に事務棟を建ててるからね。疑惑の目を向けられてても仕方ないか。わたし、工場が儲かってないからって、別に悪事に手を染めてなんかいませんよ」

「ストレートに訊きます。殺害された荒垣さんから、債務を棒引きにしてやるという交換条件付きで、犯罪の肩代わりをしてくれないかと頼まれませんでした？」

「いいえ。急に金回りがよくなったんで、怪しまれちゃったんだろうな。繰り返しますけど、わたし、悪いことなんかしてません。実は新春初夢宝くじで、二億円の特賞を射止《いと》めたんですよ。それこそ夢のようでした」

「そうだったんですか」

「みずき銀行で確認してもらえば、わたしの話が本当だってわかるでしょう。『共進エンタープライゼス』の債務も近々、きれいにするつもりです」

「ラッキーでしたね」

力丸は言った。

「本当に運がよかったと思います。新しいプレス機を四台も導入したのに、いっこうに受注量が増えないんで、頭を抱えてたんですよ。最悪の場合は、土地ごと工場を『共進エンタープライゼス』に取られるかもしれないという不安で一杯でした。でも、それは回避できました。従業員たちも、ひと安心したでしょう。といっても、売上がV字回復することはなさそうですがね」

「頑張ってください。妙なことを質問しますが、『共進エンタープライゼス』から事業資金を借りた会社が経営権を奪われたという話を聞いたことはありますか？」

「そういう噂は聞いたことがあるな」

「会社を乗っ取られた経営者たちが被害者同盟を結成して、『共進エンタープライゼス』に仕返しをする動きがあったという話は？」

「そうした噂は知りませんが、荒垣に、金利を下げてやるから他人名義の銀行口座を幾つか用意してくれと言われたことはありましたよ」

「どうされたんです？」

「はっきりと断りました。わたしに集めさせた他人名義の口座は、マネーロンダリングかブラックマネーの受け皿にされると予想できたからです。融資を受けてからですが、わたし、『共進エンタープライゼス』が関東共進会の企業舎弟《フロント》だと知ったんです。自分の迂闊《うかつ》さを呪いましたよ、毎日のようにね。しかし、もはや後の祭りです」

「債務のある会社の大半は、そのことを知らなかったんでしょうね」

「そうだと思います。知ってたら、『共進エンタープライゼス』から運転資金を借りる会社は皆無でしょう。荒垣は終始、穏やかな口調でしたんで、まさか関東共進会の理事のひとりとは思いませんでしたよ」

「そうでしょうね。債務者の中に借金もチャラにしてやると言われて悪事に加担した人間がいるかもしれませんが、その種の話を聞いた覚えは？」

「ありません。債務者同士に横の繋がりがあるわけではないんでね」

糸山が言った。

「そうだろうな」

「こんなことは言うべきではないんだろうが、東糀谷でロケットの部品を作ってる工場が千葉県市原《いちはら》市内に広大な新工場を建設予定だという噂がこのあたりの町工場に広まってるんですよ」

「その会社の名を教えてください」

沈黙を守っていた尾崎が早口で言った。

「『服部《はっとり》機械』という会社で、国産ロケット『イプシロン』二号機の部品《パーツ》も製造したはずです。宇宙航空研究開発機構（ＪＡＸＡ《ジャクサ》）は『イプシロン』の初号機を二〇一三年の九月に打ち上げてるんですよ。全長二十六メートルの三段式ロケットで、固体燃料を使って飛行するんです」

「そうなんですか」

「液体燃料を使う国産基幹ロケット『H2A』の約半分の大きさで、低価格なんですね。小型衛星の打ち上げに適したロケットで、『H2A』の半分の約五十億と言われてました」

糸山の説明は熄《や》まない。

力丸はポーカーフェイスを崩さなかったが、内心、驚いていた。『服部機械』は初動捜査資料の債務者リストに載っていた。債務額は一億円以上だったのではないか。

「『服部機械』の社長の服部諭《さとし》さんはちょうど七十歳だが、有名国立大の工学部を出て、大手重工業会社の技術開発部長まで出世したんですよ。だけど、早期退職して息子の翔《しょう》さんと一緒に会社を興《おこ》して人間型ロボットの開発をやってたんだ。町工場の経営者は高卒や高専出が多いんですが、服部翔さんも大学でロボット工学を修めたインテリ技術者なんですよね」

「そうですか」

「服部父子は人工知能《AI》搭載のロボットの開発に没頭して、下請けの部品製造を断ったりしてたらしいね。それで、銀行や信用金庫につなぎ融資を申し込んだようだが、断られたって噂だったんですよ。それなのに、千葉の市原市に大きな新工場を建てる計画があると聞いたときはびっくりしました」

「そうでしょうね」

「半分冗談だけど、『服部機械』も『共進エンタープライゼス』から運転資金を借りて、債務をチャラにしてもらう約束で、荒垣の悪事を手伝ったんじゃないのかな。それで、新工場の建設資金を低金利で企業舎弟から借りられることになったんじゃないんですかね」

「知性派の技術者親子は、そんな愚かなことはしないでしょ？」

尾崎が異論を唱《とな》えた。

「わかりませんよ。服部社長は三十五歳の独り息子を一流のロボット研究者にすることを夢見て、バックアップしてるんです。倅《せがれ》のほうもそうなりたいと願ってるみたいだから、目的のためなら、悪事の片棒を担ぐことも厭《いと》わないんじゃないのかな」

「債務者リストの中に『服部機械』が入ってたかどうか確認してみます」

「冗談半分に言ったことだけど、そうしてもらったほうがいいのかもしれないな。仮に服部さんの会社が『共進エンタープライゼス』から運転資金を借りて悪事の手伝いをし、借金をチャラにしてもらってたとしても、荒垣殺害には関与してないと思いますよ。親子とも、分別があるからね」

「『服部機械』は、東糀谷のどのあたりにあるんです？」

「六丁目ですよ。羽田中学の近くの運河沿いに会社がある。行けば、すぐにわかるでしょう」

糸山が言った。尾崎が力丸に顔を向けてきた。

「貴重なお時間を割《さ》いていただきまして、ありがとうございました」

力丸は糸山に謝意を表し、先に長椅子から立ち上がった。尾崎が慌《あわ》てて腰を浮かせる。

二人は事務室を出て、そのまま『糸山製作所』を辞した。力丸は外に出てから、尾崎に話しかけた。

「そっちは、『服部機械』が捜査資料の問題の債務者リストに載ってたことを記憶に留《とど》めてなかったようだな」

「えっ、載ってましたっけ？」

「ああ。記憶が曖昧《あいまい》だが、『服部機械』の負債は一億円以上だったんじゃないかな」

「それだけの債務があるのに、千葉に新工場を建設予定だという話は腑《ふ》に落ちません。服部父子は荒垣の悪事に協力して、借金をチャラにしてもらったんだろうか。さらに、低金利で新工場の建設資金も融資してもらったんでしょうかね」

「その疑いはゼロじゃないな。すぐに『服部機械』に行ってみよう」

「了解！」

コンビはエルグランドに乗り込んだ。

尾崎が車を発進させる。数百メートル進むと、力丸の刑事用携帯電話《ポリスモード》に着信があった。

懐からポリスモードを取り出し、ディスプレイを見る。

発信者は有村理事官だった。

「ついさきほど本庁《うち》の機捜隊長がわたしを訪ねてきたんだよ。初動捜査資料には記述しなかったそうなんだが、『共進エンタープライゼス』の稲富専務の妻の真奈美《まなみ》、四十一歳は二十代半ばのころ、二年近く荒垣と親密な関係だったそうだ」

「そうだったんですか。稲富は兄貴分の荒垣に愛人を押しつけられて、結婚したんですかね」

「そのあたりのことは未確認だが、真奈美の父親は東海地方の大親分らしいんだ。荒垣は妻帯者でありながら、静岡の顔役の末娘に手をつけてしまったんだろう。しかも、真奈美は荒垣の子供を孕《はら》んだまま、稲富と結婚させられたみたいなんだよ。真奈美は父親にふしだらな娘と思われたくなかったんで、好きでもない稲富の妻になったんじゃないのか。お腹の子を中絶したくないという気持ちもあったんだとは思うが」

「その通りだったとしたら、いったい稲富はどういう神経をしてるんですかね。兄貴分の愛人が妊娠してることを薄々感じながらも、真奈美を妻にするとは……」

「二十代のころ、稲富は対立する組織の構成員に短刀《ドス》を背中に突き立てられそうになったことがあったみたいなんだよ」

「そんなとき、とっさに荒垣が助《ス》けてくれたんじゃないんですか？」

力丸は訊いた。

「そうらしいんだ。それ以来、稲富は荒垣に頭が上がらなくなったようだな。それにしても、真奈美が産んだ兄貴分の息子を育てさせられるわけだから、ずっと屈辱感に苦しめられてきたんじゃないのかな」

「稲富がじっと感情を抑えて復讐のチャンスをうかがってたと推測することはできますね」

「あっ、そうだね」

「理事官、浪友会の犯行に見せかけて荒垣卓郎を亡き者にしたのは稲富専務なのかもしれませんよ。専務がウイッグを被って大阪に行って、服役中の浪友会舎弟頭補佐の金バッジを二百万円で内縁の妻から譲り受け、それを新宿五丁目の廃ビル近くの路上にわざと落としておいたんではないでしょうか」

「そうだったとしても、専務が自分の手を直《じか》に汚すとは考えられないな。破門やくざか犯罪のプロたちに荒垣を拉致させ、痛めつけてから残忍な死を与えさせたんだろうね」

「そうなんでしょう。専務は荒垣の代理人と称して、脱税してる連中から二度、三度と口止め料をせびってたとも考えられます。それだけではなく、おそらく稲富は『共進エンタープライゼス』から運転資金を借りた会社経営者たちに悪事の代行をさせてたんでしょう。債務をチャラにしてやるという人参をぶら下げてね」

「専務は時期を見て、新社長のポストを捨てるつもりなんだろうか」

「その気はないんだと思います。企業舎弟のトップでいるほうがダーティー・ビジネスで内職しやすいでしょうからね」

「せっせと個人的なシノギに精出して、そのうち専務は妻子と別れ、再出発をする気なんだろうか」

「ええ、多分ね。今度の事案の首謀者は稲富専務なんだと目星をつけたんですが、まだ物証は押さえてません。理事官、もう少し時間をください」

「わかった。健闘を祈る」

有村理事官が電話を切った。力丸はポリスモードを所定のポケットに戻し、尾崎に通話内容と自分の推測を語った。

「力丸さんは稲富の優等生っぽい受け答えに引っかかるものを感じると言ってましたが、専務は復讐心を秘めてたわけか。稲富は服部父子を抱え込んで、個人的なシノギでがっぽり稼ぐつもりなんじゃないんですかね」

「息子の服部翔はロボット開発技術の研究をしてたというから、ＡＩ搭載のロボット兵器

を製造させ、世界のテロリスト集団に密売して荒稼ぎしたいと企んでるのかもしれない
ぞ。ロボット兵器を戦場に送り込めば、兵士の戦死者数はぐっと減るだろう。開発途上国
の政府軍だけではなく、反政府軍もAI搭載ロボット兵器を買う気になるにちがいない」

「そうでしょうね。『服部機械』の社長と倅を追及すれば、悪事のすべてが明らかになり
そうだな」

「尾崎、急いでくれ」

「わかりました」

尾崎が車の速度を上げた。

十分足らずで、『服部機械』を探し当てた。工場と事務棟は運河に面していた。二十数
人の従業員がいるはずだが、なぜかひっそりと静まり返っている。

門扉に閉ざされているが、平日だった。従業員たちに有給休暇を強引に取らせ、父子二
人でAI搭載ロボット兵器の最終の仕上げに取りかかっているのだろうか。

相棒が『服部機械』の少し先でエルグランドを停止させ、すぐにエンジンを切った。

力丸は先に車を降り、『服部機械』に足を向けた。尾崎が追ってくる。間もなく『服部
機械』に達した。

力丸はインターフォンを鳴らした。

だが、なんの応答もなかった。居留守を使っているようだ。工場から、かすかな物音が響いてくる。

力丸は門扉から離れ、エルグランドに引き返した。

「服部親子は社内にいるようです。人のいる気配が伝わってきましたので」

肩を並べた尾崎が言った。

「ああ、いるんだろう。ＡＩ搭載のロボット兵器を外部の者に見られたくないのかもしれないな」

「ええ、そう思われますね」

「暗くなったら、囲い越しに工場内を覗いてみよう」

力丸は言って、エルグランドの助手席に腰を沈めた。尾崎が運転席に入る。

二人は車内で時間を遣《や》り過ごした。陽《ひ》が傾き、夕闇が拡《ひろ》がりはじめた。

『服部機械』の左隣は燃料倉庫だった。人影は見当たらない。

やがて、夜の色が深まった。

力丸たち二人はエルグランドを降り、『服部機械』と燃料倉庫の間にあるコンクリートの万年塀によじ登って、ほぼ同時に暗視望遠鏡《ノクト・ビジョン》を目に当てた。

ドイツ製のノクト・ビジョンは高性能だった。旧型とは違い、ハイテクノロジーが駆使されていた。漆黒《しっこく》の闇でも、真昼のように透けて見える。しかも、風景が赤みがかって映ることはない。

工場の窓は、すべてブラインドで塞《ふさ》がれている。だが、わずかな隙間から電灯の光が洩れていた。

「敷地内に不法侵入して、工場の外壁に〝コンクリート・マイク〟を当ててみよう」

力丸は相棒に小声で言った。尾崎が無言でうなずいた。

その直後、『服部機械』の前で車の停止音がした。

「自分、様子を見てきます」

尾崎が万年塀を乗り越え、中腰で道路に向かって歩きだした。力丸はノクト・ビジョンを覗きつづけた。

少し経つと、尾崎が抜き足で戻ってきた。

「門に横づけされた黒いロールスロイスは、神戸ナンバーでした。ドライバーは見るからに極道っぽい若い男で、後部座席には口髭《くちひげ》をたくわえた五十代半ばの男が乗ってました。知らない顔でしたが、神戸連合会の直参《じきさん》の組長か若頭かもしれません」

「最大勢力は分裂してから、全国で小競り合いをやってるな。本家はＡＩ搭載のロボット兵器を大量に購入し、袂《たもと》を分かった連中のまとめ役たちを抹殺し、分派の弱体化を図るつもりなのかもしれない。ＡＩ搭載のロボット兵器は、開発途上国の政府軍、反政府軍、テロリスト集団に売り捌《さば》くのではないかと思ってたが、その予想は外れたようだな」

「ロボット兵器を国外に密売するのは、リスキーですよね。その点、国内の買い手には苦もなく届けられるでしょう」

「そうだな」

力丸は口を結んだ。

そのとき、工場から七十歳前後と三十代半ばの男が現われた。服部父子だろう。来訪者を迎える気になったのだろう。『服部機械』の門扉が押し開けられ、口髭を生やした五十代の男が工場敷地内に足を踏み入れた。

「服部社長と息子さん、世話になっとります。稲富さんから改良型兵器ロボットが完成したいう連絡をもろて、神戸から駆けつけたんですわ。早《はよ》う見とうてね」

「伊吹《いぶき》さんのアドバイスがヒントになりました。おかげで、完璧なロボット兵器ができましたよ」

「ロボット研究者の息子さんが知恵を絞ってくれたんやろうか」

「ええ、倅の力が大きいですね。わたしは、ロケットの部品屋ですから」

「いや、いや。親子の努力の結晶ですわ。これで、わしらに矢を向けた奴らを片づけられる。お二人と『共進エンタープライゼス』の稲富さんには、ほんま感謝しとるんですよ。稲富さんは商売上手やな。『服部機械』の債務をチャラにするだけやのうて、千葉に大きな新工場を建ててやる言うたそうやないですか」

「ええ。息子と殺人ロボットを製造することには抵抗はありましたが、会社を倒産させたくなかったんですよ」

「息子さんをロボット研究の第一人者にするには、それなりの開発費が必要になる。社長たち親子が抗争に加わるわけやないから、あれこれ悩まんことやね」

「伊吹さん、計画を中止してもらうわけにはいきませんか」

服部翔が唐突に言った。

「なんやねん、いまごろ?」

「ぼくは介護ロボットの開発に情熱を傾けてきたんです。AI搭載の殺人ロボットの考案者という烙印《らくいん》を捺《お》されてしまったら、研究者として終わりです」

「翔、何を言いだすんだ⁉　二人で話し合って、稲富さんに協力することに決めたはずじゃないか。それをいまになって……」

「父さん、考え直してくれないか。殺人ロボットを裏社会に提供することは、法的にも倫理的にも許されることじゃない。人間として恥ずべき行為だよ」

「わたしは、おまえがロボット研究者として高く評価されることを願ってるんだ」

「その親心は間違ってるよ」

「なんて言い種《ぐさ》なんだっ」

「伊吹さん、お引き取りください。改良型ロボット兵器七体は、これから破壊します」

「そんなことはさせへん。伊吹勇《いさむ》はいっぺん決めたことは、何があってもやるんや。それに殺人ロボット五十体を十二億円で買うことは、もう理事会で決定したことや。わしに恥をかかせる気やったら、親子を生コンクリートで固めて海に沈めたる。死にとうなかったら、早《はよ》う改良型ロボット兵器をわしに見せんかい！」

伊吹が凄み、服部父子を交互に睨みつけた。親子は竦《すく》み上がり、小刻みに震えはじめた。

「行くぞ」

力丸は尾崎に声をかけ、万年塀から工場の敷地内に飛び降りた。相棒も少し遅れて敷地に着地した。

伊吹が目を剥いた。

「何や、おまえら!?」

「警視庁の者だ」

力丸は伊吹に告げ、ショルダーホルスターからシグＰ230Ｊを引き抜いた。

尾崎が伊吹に駆け寄り、手早く所持品を検《あらた》めた。

「物騒な物は何も持ってません」

「そうか。尾崎、車の中で待機してる若い衆を引っ張ってきてくれ」

「了解！」

「とりあえず、脅迫容疑で現行犯逮捕《ゲンタイ》だ」

力丸は拳銃をホルスターに戻し、伊吹に警察手帳を突きつけた。

「わし、何も危《ヤバ》いことはしてへんで」

「往生際が悪いな」

「ほんまやて」

伊吹が言い募った。

力丸は無言で足払いをかけ、伊吹を転倒させた。すぐに俯《うつぶ》せにさせ、後ろ手錠を打つ。

力丸は立ち上がって、有村理事官に電話をかけた。スリーコールで、電話は繋がった。

「荒垣殺しに稲富が深く関与してることは間違いないでしょう。異例ですが、理事官が直に任意同行を求めてもらえますか」

「いいとも」

「それから、暴力団対策課から支援要員を回してもらいたいんですがね」

「わかった。落着までの経過をかいつまんで教えてくれないか」

有村理事官が促した。力丸は捜査の流れを報告しはじめた。


およそ三時間後である。

力丸は警視庁組織犯罪対策部の取調室で、稲富稔と向かい合っていた。スチールのデスクを挟む恰好《かっこう》だった。相棒の尾崎は斜め後ろで供述調書をとっている。

すでに観念した稲富は、自らの手で荒垣卓郎を絞殺したことを自供していた。荒垣を拉致監禁して嬲《なぶ》ったのは、金で雇った元やくざの三人だった。その三人は荒垣の首、両腕を切断して、死体を廃ビルに遺棄したことも認めた。元やくざたちは少し前に逮捕された。

稲富は浪友会の仕業に見せかけるため、幹部用金バッジを二百万円で服役中の舎弟頭補佐の内妻から買ったことも否認しなかった。荒垣の代理人と称して大口脱税者たちから二度、三度と口止め料をせびったことも認めた。恐喝相続人に成りすました事実も隠そうとしなかった。

「『共進エンタープライゼス』に債務のある会社経営者たちにさまざまな恐喝を代行させてたんだよな？」

力丸は確かめた。

「ええ、そうです。そうして捻出した金で服部親子を抱え込んで、ＡＩ搭載のロボット兵器を大量に製造させ、神戸連合会だけではなく……」

「あらゆるテロリスト集団に殺人ロボットを売りまくって、行く行くは海外でのんびりと暮らしたいと考えてたわけか」

「そうです。荒垣の兄貴は命の恩人ですが、わたしは妊娠してる愛人を押しつけられて、他人の息子を育てさせられたんです。真奈美とは仮面夫婦を演じてきたわけですが、毎日が地獄でした。家庭に安らぎなんかなかった」

「だろうな」

「それでもおかしなことに、荒垣の兄貴の血を引く中学生の息子には育ての親としての愛情は感じてたんです。兄貴に虚仮《こけ》にされてきたのに、自分の間抜けぶりに腹が立ってきたんです。だから、何もかもぶっ壊したくなったんですよ」

「あんたの気持ち、わからなくはないよ。しかし、債務者に悪事を代行させたのは卑劣だな。それから、服部父子の弱みにつけ込んで殺人ロボットを大量生産させようとしたことも」

「服部父子を巻き込んでしまったことは申し訳なく思っています。二人が罪に問われないことを祈ってますが、無罪放免にはならないでしょうね」

「と思うよ。殺人ロボットが使われたことはないとはいえ、とんでもない兵器を試作しつづけてきたわけだから」

「そうですね。荒垣の兄貴を手にかけたことを反省はしていません。わたしは命の恩人に逆《さか》らえなくて、長いこと屈辱を味わわされてきたんです。惨《みじ》めで、忌々《いまいま》しかったですよ」

稲富が声を絞り出し、両の拳《こぶし》で机の上を叩いた。その右の拳に涙の雫《しずく》が落ちた。

力丸は何も言えなかった。事件は解決したが、後味《あとあじ》は悪かった。

稲富の肩が震えはじめた。

力丸は腕を大きく伸ばし、殺人事件の主犯の肩口にそっと手を掛けた。

二〇一七年三月祥伝社文庫刊

光文社文庫

悪党《アウトロー》　警視庁《けいしちょう》組対部《そたいぶ》分室《ぶんしつ》

著者　南《みなみ》　英《ひで》　男《お》

2024年11月20日　初版1刷発行

発行者　三宅貴久
印刷　堀内印刷
製本　ナショナル製本

発行所　株式会社　光文社
〒112-8011　東京都文京区音羽1-16-6
電話（03）5395-8147　編集部
8116　書籍販売部
8125　制作部

ISBN978-4-334-10495-5　Printed in Japan

組版　堀内印刷

光文社文庫　好評既刊

高台の家　松本清張
翳った旋舞　松本清張
霧の会議(上・下)　松本清張
馬を売る女　松本清張
鬼火の町　松本清張
紅刷り江戸噂　松本清張
彩色江戸切絵図　松本清張
異変街道(上・下)　松本清張
ペット可。ただし、魔物に限る　松本みさを
ペット可。ただし、魔物に限る　ふたたび　松本みさを
恋の蛍　松本侑子
島燃ゆ　隠岐騒動　松本侑子
世話を焼かない四人の女　麻宮ゆり子
バラ色の未来　真山仁
当確師　真山仁
当確師　十二歳の革命　真山仁
向こう側の、ヨーコ　真梨幸子

ワンダフル・ライフ　丸山正樹
新約聖書入門　三浦綾子
旧約聖書入門　三浦綾子
極め道　三浦しをん
舟を編む　三浦しをん
江ノ島西浦写真館　三上延
消えた断章　深木章子
なぜ、そのウイスキーが死を招いたのか　三沢陽一
なぜ、そのウイスキーが謎を招いたのか　三沢陽一
冷たい手　水生大海
だからあなたは殺される　水生大海
宝の山　水生大海
ラットマン　道尾秀介
カササギたちの四季　道尾秀介
光　道尾秀介
満月の泥枕　道尾秀介
サーモン・キャッチャー the Novel　道尾秀介